KB003735

당신의

　그늘을　　읽어드립니다

이 책은 '2023 NEW BOOK 프로젝트-협성문화재단이
당신의 책을 만들어드립니다.' 선정작입니다.

김형성 지음

차례

이 어둠이 필요할지도 몰라

책 한 권 쓰겠다고 모아둔 글을 열어 훑어본다. 무겁게 가라앉은 제목들이 눈에 띈다. 이 제목은 너무 부정적이네, 바꿔야지 혼잣말하며 주섬주섬 손질한다. 바꾼 제목이 영 마음에 들지 않는다. 고민이 많을 땐 멈추고 기다려야 하는 법. 자판에서 손을 떼고 가만히 모니터를 들여다본다. 진한 어둠으로 채색된 글이 가득하다. 읽어달라고 내놓은 글을 불편하다고 덮으면 어쩌나. 흔하디흔한 불평과 불만으로 가득해 보이면 어쩌지. 걱정이 손끝까지 와닿아 무겁다. 자판 위에 다시 손을 얹기가 두려워진다.

쓰는 삶은 읽는 버릇에서 나오는 것일 테다. 돌이켜 보니 읽는 내용이 다 어둡다. 누군가의 아픔과 상처를 오롯이 담아낸 글을 좋아한다. 거친 분노를 거름망으로 담담하게 정제한 표현에 밑줄을 친다. 생각난 김에 이북을 열어 보니 그런 책들로 가득하다. 미등록 이주 아동, 촉법소년, 현장 실습 청소년 노동자, 성소수자, 장애인, 탈학교 청소년, 학교 폭력 피해자 이야기를 담아낸 책들이 책장에서 가지런하게 빛난다.

그늘져 흩어진 삶을 누군가가 조심조심 걷어 올려 정돈

한 것이겠지. 주류와 중심에서 벗어난 변두리를 향한 기록들. 가만히 눈을 감아본다. 되돌아보니 내 삶이 그랬구나 싶다. 중심은커녕 평균에도 올라서지 못해 힘겨운 나날이 많았다. 내게 학창 시절은 결핍과 부재로 기록된 시간이었다. 남자다움, 단체 생활, 권위와 위계라는 규율이 버거웠다. 늘 그런 규율에 모자란 학생이었기에. 남자답지 않았고, 단체 생활에 적응하지 못했으며, 권위에 순응하지 않았다.

학교의 과도한 체벌 문화를 지적하며 학교 홈페이지에 항의성 글을 올린 다음 날, 선생님과 친구들이 수군거렸다. 어느 순간 내 글은 삭제되고, 홈페이지는 실명제로 바뀌었다. '다른 애들은 다 괜찮다는데 넌 왜 그래? 뭐가 그렇게 불평이고 불만이야?'라는 말이 꼬리처럼 달라붙었다. '원래'와 '당연히'의 세계에서 질문은 허용되지 않았다. 어느덧 난 예민하고 불편한 사람이 되고 말았다. 그 시절 내가 즐겨 읽던 책은 홍세화의 《나는 파리의 택시 운전사》였다.

한동안 '다움'과 '다름'의 경계에서 흔들리며 위태롭게 살았다. 대학교에 가서도 축구와 농구를 하지 않는 나를, MT와 농활, 과 생활에 참여하지 않는 나를 선배들은 아싸라고 불렀다. 홀로 책을 읽고 글을 쓰고 영화를 보며 영화평을 끄적거리던 시절. 혼자 밥을 먹는 게 부끄러워 식당에 들어서면 가슴이 콩닥거렸다. 그때를 생각하면 가끔 웃음이 난다. 남들과 조금 다르다는 걸 부끄럽게 여기던 과거의 내가 안쓰럽기만 하다.

어느 날 영상과 영미문화의 이해라는 교양 과목 시간에 영화 〈빌리 엘리어트〉를 감상했다. 그 영화엔 광부 아버지의 반대를 무릅쓰고 발레를 하기 위해 애쓰는 남자 주인공 빌리와 그를 응원하는 윌킨슨 선생님이 나온다. '다움'과 '다름'에서 다름을 택한 빌리가 덤덤하게 고향 마을을 떠나는 장면을 보며 많이도 울었다. 빌리의 세계엔 그를 응원해 주는 어른이 존재한다. 그런데 왜 나의 세계엔 그런 어른이 없었을까. 왜 아무도 나에게 알려주지 않았을까. 남들과 달라도 괜찮다고, 조금 예민해도 괜찮다며. 그런 의문을 품고 살았다.

어느덧 십수 년이 흘러 12년 차 교사가 됐다. 얼핏 보면 학교는 평화롭다. 예전과 같던 체벌은 사라진 지 오래다. 그런데 보이지 않는 고통으로 힘겨운 삶들은 여전하다. 학교를 벗어나는 아이들이 늘어가지만, 어른들은 학교 밖 삶의 길을 알려주지 않는다. 학교 안의 삶도 마찬가지다. 우울과 불안으로 자해를 하거나, 남성성과 여성성의 틀에 갇혀 자신을 비정상으로 생각하기도 한다. 일찌감치 노동 현장에 나간 아이들은 자신의 권리를 지키지 못한 채 살아간다. 서로를 ~충, ~장애라는 말로 혐오하는 아이들도 부지기수다.

학교 복도는 늘 시끄럽다. 다들 화기애애하게 어울려 놀기 바쁘다. 그 틈으로 어둡게 채색된 표정들이 눈에 띈다. 고개를 푹 숙인 채로 조용히 옮기는 걸음에 눈길이 간다. 점심을 거른 채 교실에 엎드려 잠자는 모습에 걸음을 멈춘다. 웃음으로 가득한 운동장 뒤편 벤치에 앉아 있는 아이들의 뒷모습을 가만히 바라본다. 내 글이 머무는 시선은 그런 아이들이다. 그래서 어떤 글은 미처 놓치고 살피지 못한 삶을 향한 사죄의 편지가 되었고, 어떤 글은 더 예민하고 불편해지기 위해 다짐하는 일기가 되었다.

애써 밝게 채색하려던 제목을 내버려 두기로 한다. 그러자 무겁던 손끝이 가벼워진다. 마음을 바꿔 이 어둠을 더욱 짙게 칠하겠다고 다짐한다. 누군가의 세계에 든든한 어른으로 존재하기 위해, 누군가의 슬픔을 다정하게 위로하기 위해 이 어둠이 필요할지 모른다고 되뇌어 본다.

가벼운 손끝을 다시 한번 자판에 올려본다.

나도
아플 때가 있었어

학교가 저를 삭제했습니다

집과 멀리 떨어진 사립 고등학교에 다니는 일은 무척이나 고통이었다. 0교시 수업을 들으려면 6시에 일어나야만 했다. 보충 수업과 야간 자율학습까지 하고 나면 밤 10시였다. 학교 담장 너머 공간에서 햇빛을 보는 건 사실상 불가능했다. 아침밥은커녕 화장실을 갈 시간도 부족하던 시절에, 난 늘 수면 부족과 만성 변비에 시달렸다.

물론 이 고통이 나만의 것은 아니었다. 당시 MBC 〈느낌표〉라는 예능 프로그램에서 아침밥을 못 먹고 등교하는 아이들을 위해 밥차를 준비하는 코너가 생길 정도였다.

당시의 아침밥은 단순한 밥이 아니었다. 한국 교육의 과도한 경쟁에 대한 은유였다. 해당 프로그램으로 결국 0교시는 폐지되었다. 나는 20분을 더 잘 수 있었다. 어린 나에게는 실로 획기적인 일이었다.

〈느낌표〉는 학교 안에 머무르지 않았다. 불량 청소년으로 낙인찍힌 폭주족 청소년들에게 헬멧을 씌워주기도 했고, 학교 밖 청소년을 위한 할인제도의 신설을 주장하기도 했다. 이 방송 덕분에 학생증이 아닌 청소년증이 만들어졌다. 이른바 정상 청소년의 범주에서 비켜 난 존재의 목소리를 들려주기 시작한 것이다. 선한 마음과 올바른 움직임이 큰 변화를 만들어낸다는 사실을, 나는 학교가 아닌 TV로 배웠다.

〈느낌표〉의 '존댓말로 수업하자'라는 코너도 화제였다. 교사의 과도한 체벌과 경직된 교직 문화가 뉴스에 오르내릴 때였다. 방송 내용에 많은 학생과 시민이 공감했다. 그런데 반감도 상당했다. 당시만 해도 학생 인권은 말 그대로 바닥을 쳤다. 교사의 반말이 교권으로, 체벌이 사랑의

매로 치환되던 시대에 존댓말 사용은 교권의 추락과도 같았다. 상하 수직의 위계질서가 학교라는 공간을 견고하게 지탱하던 시대였다. 교실 속 폭력이 아무렇지 않게 일상화된 시기였다. 그런 시절에도 나는 교사를 꿈꾸며 살았다.

고등학교 2학년 야간 자율학습 시간이었다. 뒤에 앉아 있던 두 친구의 속닥거림을 들으며 수학 문제를 풀고 있었다. 몇 분이 지났을까. 구둣발 소리를 또각또각 내며 교실에 들어온 감독 선생님이 떠들고 있는 학생 두 명을 불러내는 것이 아닌가. 선생님은 두 명의 친구가 본인 앞에 서자마자 들고 있던 출석부로 머리를 때리기 시작했다. 곧이어 구둣발로 학생들의 정강이를 걷어찼다. 고함과 욕설이 조용한 교실 복도를 거칠게 때리며 울려 퍼졌다.

친하지 않은 학급 친구의 일이었다. 2년 동안 무심하게 넘어가던 장면이었다. 반복되는 체벌의 광경은 무서운 지루함이었다. 그런데 그 순간만큼은 그러기 싫었다. 폭력에 순순히 침묵하는 나 자신이 싫었다. 교사를 꿈꾸면서 늘 시대와의 불화를 겪던 나였다. TV에서 배운 선한 마음과 올바른 행동이 필요하다고 생각한 순간이었다.

집으로 돌아와 학교 홈페이지에 접속했다. 그 당시 학교 홈페이지는 말 그대로 진공 상태였다. 위탁 급식에 대한 학생들의 불만 한두 가지가 올라오는 게 다였다. 익명제라는 방어막이 나에게 용기를 주었던 것일까. IP 추적이라도 당하면 어쩌지, 내가 쓴 글임이 발각돼서 퇴학이라도 당하면 어쩌나 하는 불안감을 애써 억누른 채 글쓰기 버튼을 눌렀다. 내가 속한 공동체를 조금이나마 변화시킬 수 있으리라는 기대와 설렘으로 차분하게 여백을 채워나갔다.

글을 쓰면서 〈느낌표〉 내용을 인용했음은 물론이다. 아침밥과 존댓말, 학생 인권의 상징처럼 느껴지던 두 단어를 되짚으며 과도한 체벌의 문제점을 강력하고 정중하게 지적했다. 퇴고에 퇴고를 거쳐 글을 올린 시각은 새벽 2시. 4시간도 채 못 잤지만, 다음날 정신은 그 어느 때보다 또렷했다.

그날 오전의 학교는 평범했다. 아무렇지 않은 일상이 풍경처럼 흘러갔다. 그런데 오후가 되자 조용한 소란이 일어났다. 수업에 들어오시는 선생님마다 학교 홈페이지에 올라온 글에 대해 한 마디, 두 마디씩 하는 게 아닌가. 글을 쓴 취지에 충분히 공감한다는 선생님도 계셨고, 체벌은 교육이자 교사의 권리라고 하는 분도 계셨다. 어느덧 홈페이지의 글은 꽤 유명해져서 전교생이 다 읽었을 정도였다.

아무도 말을 하지 않았지만, 글을 쓴 당사자가 나라는 걸 모두 알고 있었다. 당시 전교생이 1,000명 정도 되는 남학교에서 백일장에 나가 열심히 상을 타 오던 학생은 나밖에 없었다. 그런 내가 그 교실에 있었다. 그러니 그 정도 추측은 충분히 가능했으리라. 그 정도 용기도 없이 저지른 일은 아니었다. 그래도 한동안 많은 선생님과 눈을 마주치지 못했다.

두려움보다는 변화에 대한 기대가 컸다. 체벌이 사라진 자리를 존댓말이 채운 교실의 풍경을 상상하곤 했다. 그런 교실에 서 있는 미래의 나를 떠올리곤 했다. 며칠 뒤 부푼 마음을 안고 학교 홈페이지에 접속했다. 그 순간 내 기대는 산산이 무너졌다. 내 글은 삭제되고, 홈페이지는 실명제로 바뀌어 버린 것이다. 게시판은 침묵과 진공 상태로 돌아가 있었다. 허탈했다. 완벽한 나의 패배였다. 나는 한동안 멍하니 학교 홈페이지를 바라보았다.

커피 팔던 엄마의 유일한 낙은

"형성아, 부산에서 전국 노래자랑 예선을 하고 있다는데… 어디서 하고 있노?"

노래자랑 나가보라고, 요즘 같은 시대에 엄마는 젊은 편이라고 채근하듯 닦달하는 내 말에도 늘상 거부하던 엄마였다. '나처럼 늙은 사람은 이제 그런 곳에 나가면 안 된다.', '사람들이 흉본다.'라는 이유에서였다. '요즘 같은 100세 시대에 무슨 말이고? 요즘은 세련된 노인들이 환영받는 시대다.'라는 내 말을, 엄마는 결코 믿지 않았다. 박막

례, 밀라논나와 같은 유튜브를 보여주며 엄마를 설득해도, '저런 사람은 엄마랑 다르잖아.'라고 이야기하곤 했다. 그런데 갑자기 왜 KBS 전국 노래자랑 예선이 궁금했을까.

엄마는 젊은 시절 가수를 꿈꿨다. 이곳저곳에서 노래 실력을 인정받았고, 우연히 유명 작곡가의 곡을 받을 기회가 생겼다. 그 당시 곡을 받는 건 곧 데뷔를 뜻했다. 그런데 곡을 받으려면 30만 원이 필요했다. 엄마는 돈이 없었고, 5남매의 맏이였다. 꿈을 포기한 대가는 끝없는 동생들의 뒷바라지였다. 그 시절 여자들이 다 그랬듯 엄마의 희생은 당연하게 여겨졌다. 엄마는 당신의 청춘을 노래가 아닌 매일매일의 중노동으로 채웠다. 그러다 한량 같은 남자를 만나 결혼했고, 누나와 나를 낳았다.

엄마의 뒷바라지는 결혼 이후에도 계속됐다. 밥 먹듯 외도를 하고, 생활비는커녕 술을 마시고 욕설과 폭력을 일삼는 무능력한 남편을 대신해 생계를 책임져야 했다. 밤늦은 바닷가에서 커피와 폭죽을 팔았다. 그렇게 새벽 늦게까지 노동하면서도, 1주일에 두 번은 일찍 일어나 곱게 화장하고, 예쁜 옷을 차려입었다. 민락동 MBC, 남천동 KBS의 노래 교실을 꾸준하게 다녔다. 각종 라디오 방송과 주부 대상의 노래 경연대회에도 꾸준하게 나갔다.

노래는 엄마의 여가 생활이자, 생계에 보탬이 되는 유용한 장기였다. 경연에 나갈 때마다 상을 탔고, 부상으로 세탁기와 냉장고, 각종 상품권을 받아왔다. 집안엔 늘 엄마가 좋아하는 노래가 엄마의 목소리와 겹쳐 울려 퍼졌다. 엄마는 패티킴 노래를 자주 들었다. 패티킴 노래에는 깊은 아픔이 있다고 했다. 패티킴의 목소리를, 그녀의 우아함을 무척이나 좋아했다.

컴퓨터를 만지지 못하던 엄마는 늘 듣고 싶은 노래를 나에게 부탁해 들었다. 그러던 어느 날, 엄마가 유미리의 〈젊음의 노트〉를 반복 재생해 달라는 게 아닌가. 그 노래를 노래 경연대회에서 부를 거라며 몇 날 며칠을 연습했다. 나이 50이 넘어 부르는 〈젊음의 노트〉에는 묘한 분위기가 녹아 있었다. 노래를 들으며 엄마의 노트에 기록된 젊음을 상상했다. 꿈을 포기한 엄마의 청춘은 기쁨으로 적혔을까,

슬픔으로 얼룩졌을까.

　그렇게 노래를 사랑하던 엄마가, 어느 순간 노래를 멈췄다. 이유는 단순하고 명쾌했다. 나이가, 늙음이 부끄럽다고 했다. 거기다 코로나19로 모든 노래 교실이 문을 닫자, 집에 혼자 있는 시간이 늘었다. 어느 순간 엄마의 빈 시간은 유튜브와 젊은 트로트 가수들이 나오는 TV 프로그램으로 채워졌다. 이제 KBS의 TV 가요 무대가 아니라 〈미스터 트롯〉과 같은 프로그램을 본다. 그렇게 사랑하던 패티 킴의 자리를 송가인과 임영웅이 대신한 지 오래다. 가끔 함께 보는 TV 속 젊은 트로트 가수의 모습이 낯설게 느껴지곤 했다. 다채로운 무지갯빛으로 빛나는 조명 아래, 그 누구보다 환한 젊음을 자랑하며 트로트를 부르는 어린 가수들이라니. 당신도 부득부득 우겨가며 자신의 꿈을 지켰다면, 저렇게 환하게 빛났을까? 오롯이 자신만을 위해 살았다면 짙은 어둠이 깔린 바닷가에서 벗어날 수 있었을까?

결국 엄마는 전국 노래자랑 예선에 나가지 못했다. 이미 예선을 보려는 인원들이 많아 더는 추가 신청을 받지 않는다는 것이었다. 엄마는 무척 아쉬워했다. 문득 궁금했다. 당신의 늙음을 탓하며 그만뒀던 노래를 왜 다시 시작한 걸까. 이유를 물었지만, 엄마는 그저 다시 노래를 부르고 싶다고 답했을 뿐이다. 언제나 그랬듯 엄마의 선택과 결정은 복잡하지 않았고, 이후의 결심은 항상 단단했다. 꿈을 포기한 채 집안의 생계를 선택했을 때도, 그 이후의 삶에서도. 나도 구태여 캐묻지 않았다. 그 이후로 나는 KBS 전국 노래자랑 홈페이지를 들락거린다. 언제 있을지 모를 예선 일정을 놓치지 않으려고 말이다. '이번엔 엄마 손을 잡고 함께 가야지. 채우지 못하고 덮어야 했던 젊음의 노트, 뒤늦게라도 그 여백 속 한 줄을 같이 채워줘야지.'라고 생각하면서.

나에게선 가난의 냄새가 났다

향수는 마지막에 입는 옷이다. 화려하게 치장하려 입는
외투다. 집을 나서기 5분 전 좋아하는 향수병을 집어 올린
다. 조금만 늦어도 지각이라는 생각에 급하게 이곳저곳 뿌
린다. 너무 많이 뿌렸나 생각하며 급하게 버스를 탄다. 제
일 예민한 감각이 후각이라더니. 시간이 지나니 짙게 채색
된 향에 무감각해진다.

학교에 오니 몇몇 아이가 무슨 향이냐며 묻는다. 좋은
냄새가 난다며, 향수 이름을 알려달라고 난리다. 향수를
너무 많이 뿌렸구나. 혹여나 수업할 때 독한 향기가 아이

들 공부를 방해하면 어쩌지 걱정된다. 요즘 유행하는 말처럼 '무심한 듯 시크하게' 향을 둘러야 하는데 그러질 못했다. 뽐내듯 자랑하지 말아야지. 유튜브에서 배운 대로 따뜻한 맥박이 뛰는 손목에 딱 두 번, 살포시 덮듯이 뿌려야지. 뭐든 적당한 게 좋다며 되뇌어 본다.

아이들에게도 다채로운 향기가 난다. 월요일 조회 시간, 깨끗하게 세탁된 교복 셔츠에서 부드러운 섬유유연제 향이 풍긴다. 자식을 향한 부모의 사랑이 교실을 채운다. 축구를 한 뒤 땀을 뻘뻘 흘리며 웃는 아이에게서 맑은 청춘의 향을 맡는다. 봄처럼 화장하고 들뜬 아이들의 뒷모습엔 설렘의 향이 묻어 있다. 그렇게 학교를 가득 메운 알록달록한 향기로 아이들의 삶을 상상하니 내 학창 시절에 밴 냄새가 함께 떠오른다.

나에게선 가난의 냄새가 났다. 오래 묵어 쾨쾨하고 쿰쿰한 냄새가. 새벽까지 일하고 낮이 되어서야 일어나 이런저런 집안일을 하던 엄마였으니 살림이 깔끔할 리 없었다. 빨래가 밀려 입은 교복 셔츠를 또 입어야 할 날이 많을 수밖에. 그 냄새를 입고 등교할 때면 어깨가 움츠러들곤 했다. 그런데 어떤 아이들에게선 늘 싱그러운 향이 났다. 여유와 풍요로움의 냄새. 그럴 때마다 내 몸에선 어김없이 질투와 시기의 향이 피어올랐다.

그러니 직장인이 되고 나서 수집하듯 향수를 모은 게 우연은 아닐 테다. 진열장 위 향수도 나날이 늘어만 갔다. 주변 친구에게 좋은 향이 나면 늘 물어보고 따라 사기 바빴다. 그런데 첫 향에 반해 산 뒤 안 쓰고 내버려 둔 향수가 허다했다. 알고 보니 나와는 어울리지 않는 향들이었던 거다. 그렇게 오랫동안 다른 사람의 취향과 선호를 내 것으로 여기며 살았다.

향수의 첫 향은 오래가지 않는다. 진짜 향을 알려면 시간이 필요하다. 여러 번 실수한 뒤 깨달았다. 향은 체취와 섞여 여러 번 바뀐다는 사실을. 그러니 나에게 맞는 향수를 사려면 시향한 뒤 오래 기다려야 한다. 내 살냄새와 뒤섞여 나만의 향을 만들어낼 때까지 꾹 참아야 한다. 이 사실을 안 뒤론 첫 향에 반해 향수를 사지 않는다. 기다리고 기다려 마지막까지 나는 향을 들여다본다. 그 향이 마음에 들어야 산다. 오로지 나에게서만 나는 향이라는 확신이 필요하기 때문이다.

오랫동안 인생의 마지막 향기가 질투와 시기면 어쩌나 걱정하며 살았다. 혹시나 남아 있을 가난의 냄새를 감추려고, 시기와 질투의 냄새를 덮으려고 부단히도 애쓰던 시절이 있었다. 남들 보기에 좋고 부러울 만한 것들을 무리하며 누리던 날들. 좋은 옷을 사 입고, 철마다 해외여행을 가고, 주말마다 친구들과 어울려 청춘을 낭비하던 시절들. 풍족한 척, 모자람이 없는 척 화려하고 비싼 향으로 과거의 냄새를 덮고 감추면 되는 줄 알았다. 그러면 어린 시절 부러워하던 여유와 풍요로움의 향기가 내 삶을 가득 채울 줄로만 알았다.

어느덧 퇴근길, 옷소매를 걷어 올려 손목에서 나는 향을 맡아 본다. 뽐내고 자랑하던 향들은 다 날아가고 부드러운 향기가 은은하게 피어난다. 내 인생의 마지막 향기도 이렇

게 다정하고 포근해야 할 텐데. 좋은 냄새로 기억될 좋은
사람이어야 할 텐데. 따뜻한 맥박에서 피어오른 마지막 향
기를 오랜 시간 기억해 본다.

화장하는 남자가 어때서요?

　나는 출근 복장과 일상 복장이 다르지 않다. 여름에 반바지를 입고 출근한다. 주변 친구들은 여름에도 꽉 끼는 셔츠를 입고 다닌다. 불편하지 않냐고 물으면 어쩔 수 없단다. 눈치가 보여 신경 쓰게 된단다. 공무원 복장 규정은 2000년대 초반에 작성되었다. 날씨에 따라 간소하게 입어도 된다지만 실제로는 그렇지 않다. 반바지를 입고 출근하는 나를 신기하게 쳐다보는 주변 사람이 많은 이유일 테다. 지난 10년 동안 겉모습과 관련된 에피소드가 여럿 있었다.

　2012년에 투블럭컷이 유행했다. 옆머리를 3mm로 밀었다. 당시에는 나름 파격적인 머리 모양이었다. 학교에서 내 머리 모양이 꽤 화제가 되었다. 한 달여쯤 지났을까? 야간 자율학습 감독을 하는 와중에 교감 선생님이 밖에서 손짓으로 나를 부르는 것이 아닌가. 말씀인즉슨 '교직 사회에 어울리지 않으니 머리 모양을 바꾸면 좋겠다.'라는 것이었다. 교직 사회에 어울리는 머리는 대체 어떤 모습일까. 긴 머리는 자르면 되지만, 짧은 머리를 기르는 데는 시간이 걸린다. 결국 머리 모양을 바꾸지 않았다.

찢어진 청바지를 입고 학교에 출근한 적도 있었다. 교무실에서 나오다 교장 선생님과 마주쳤다. 교장 선생님은 내 바지를 보시더니 혀를 끌끌 차시며, "진짜 가지가지 하네."라고 말씀하셨다. 가지가지라니. 하나의 '가지'가 찢어진 청바지라면 나머지 '가지'는 내 머리였을까? 멋쩍은 웃음을 지으며 얼른 자리를 피했다. 그리고 다음에도 보란 듯이 찢어진 청바지를 입고 출근했다.

반바지를 입고 출근한 첫날 반응이 무척 뜨거웠다. 대다수는 교직 생활을 하면서 반바지를 입은 남자 선생님을 처음 봤다는 것이었다. 복장 하나로 이렇게 많은 사람의 관심을 받을 수 있다는 사실을 처음 깨닫게 되었다. 당시는 반바지 교복을 도입하자는 이야기가 나올 때였다. 에너지 절감을 위해 반바지 출근을 장려하던 시기이기도 했다. 쿨 비즈룩라 불리는 간소한 출근 복장과 관련된 각종 뉴스가 쏟아져 나오기 시작했다. 그런데 실제로 그렇게 입고 다니는 사람들이 없었다. 그러니 놀랄 법도 했다.

꽤 많은 시간이 흘러 2020년 2월이 되었다. 당시 운 좋게 핀란드와 덴마크로 해외 연수를 가게 되었다. 부산에서 근무하는 20여 명의 선생님과 함께했다. 핀란드의 어느 관광지를 둘러보고 다시 숙소로 가던 길이었다. 당시 동행했던 장학사 한 분이 나에게 넌지시 "선생님, 화장도 좀 하는 것 같은데, 그렇죠? 학교에서 다른 선생님이 뭐라고 하진 않아요?"라고 물어보는 것이 아닌가. 내가 하는 화장이라곤 고작 BB 크림을 바르는 정도였지만, 50대 중반의 여자 장학사에게는 그 모습이 무척이나 생경했던 것이다. "장학사님, 요즘 BB 크림은 화장하는 것도 아닙니다. 유튜브에 남자 메이크업이라고 한번 쳐 보세요. 지금이 어떤 시대인

데요."라고 쏘아붙이고 싶었지만 그러지 못했다. "아 네….
뭐 이 정도는 다들 하는걸요."라고 얼버무리고 말았다. 지
금까지도 할 말을 하지 못한 게 후회가 된다.

　그해에는 유달리 스트레스가 심했다. 코로나 시기에 하
게 된 고3 담임은 지옥 같았다. 스트레스를 해소하려면 무
엇이라도 해야만 했다. 3번의 탈색을 한 뒤 애쉬 그레이로
염색했다. 다음날 반응은 가히 폭발적이었다. 학생과 교사
를 가릴 것 없이 놀라움을 금치 못했다. 많은 선생님 사이
에서 내 머리가 한동안 흥미진진한 이야깃거리였다는 소
식을 이후에서야 전해 들었다.

　2021년에 한 국회의원의 의상이 화제가 되었다. 원피스
와 멜빵바지를 입고 국회에 출석한 해당 국회의원을 향해
'TPO에 어긋난다.'라며 문제를 지적하는 뉴스 기사가 쏟아
졌다. 스크롤을 내리니 원피스는 '예의 없으며, 타인을 배
려하지 않은 행위'라는 댓글이 달려 있다. 원피스는 언제
부터 타인에게 피해를 끼치는 자기중심적인 의상이 된 것
일까? 과연 국회라는 공간, 회의라는 목적에 원피스는 부

적절한 의상일까?

'무엇다움'을 외양으로 규정하면 단순하다. 학생은 짧은 머리와 단정한 교복을, 교사는 품위 있는 복장을, 국회의원은 엄숙한 복장을 하면 된다. 그러면 학생다운, 교사다운, 국회의원다운 모습을 갖추게 된다. 그런데 이렇게 외양을 당위와 의무로 규정하는 순간 손쉬운 판단을 하게 된다. '무엇다운 사람'과 '무엇답지 않은 사람'을 구분하기 쉬워진다. 외양 안에 가려진 것들을 들여다보기 힘들게 만든다. 틀과 규정만으로 구별과 낙인이 가능해지는 이유다.

한 개인의 의상이 일으키는 사회적 반응에서 우리 사회가 지닌 무거운 권위 의식과 지나친 엄숙주의를 읽는 일은 꽤 흥미롭다. 찢어진 청바지와 반바지, 화장과 염색은 이제 아무렇지 않게 받아들여지는 모습일 테다. 문신한 교사와 국회의원은 어떨까. 어떤 댓글이 달릴까 자못 궁금해진다.

비혼이라는 공포 앞에서

　도어락이 잠겼다. 새벽 1시, 문밖에서. 매번 비밀번호를 누르기 귀찮던 찰나, 친구가 카드키를 등록하라고 알려 주었다. 휴대폰에 부착할 수 있는 카드키를 구입해 서랍 속에 넣어 두었다. 초봄 추위가 가시지 않은 어느 날, 침대에 누워 있다 문득 서랍 속 카드키가 떠올랐다. 잠옷 바람으로 카드키를 등록하고 호기롭게 문을 닫았다. 그런데 카드키가 작동하지 않는다. 원래 사용하던 비밀번호도 무용지물이다. 당황한 마음에 발을 동동 구른다.

　남은 휴대폰 배터리는 겨우 18%. 급히 1층으로 내려가 주변을 둘러본다. 담을 타고 3층으로 올라가는 건 불가능해 보인다. 잠깐 119나 경찰서에 신고해 볼까도 고민한다. 그 순간 개인의 편의를 위해 119를 이용하는 사람을 비난하던 내가 떠오른다. 휴대폰 조명을 최대한 어둡게 하고 인터넷에 '부산 도어락 해제'를 검색한다. 마치 나를 기다리고 있었다는 듯 업체가 수두룩하게 뜬다. 나 같은 사람들이 얼마나 많은 걸까. 궁금증을 길바닥에 버려둔 채 검색 상단에 있는 업체에 전화를 걸어 사정을 설명한다. 1시간 정도 걸리니 기다리란다. 비용을 물으니 13만 원이라는 게 아닌가. 순간 멈칫했지만, 문밖에서 밤을 지새울 자신이 없다. 기다린다고 해서 무슨 대책이 생기는 것도 아니다.

차가운 빌라 계단에 앉는다. 자동으로 점멸하는 등은 아주 잠깐 내 존재를 인식할 뿐이다. 어둠 속에서 닫힌 문을 멍하니 바라본다. 며칠 전 엄마가 보내준 뉴스 기사 속 30대 남성이 생각난다. 혼자 사는 30대 남성이 화장실에 갇혀 있다 음성 인식 기기의 도움으로 가까스로 목숨을 건졌다는 기사 내용을 다시 한번 읽어 본다. 스크롤을 아래로 내리니 '이래서 결혼을 해야 해.'라는 댓글이 달려 있다. 30대 비혼 남성의 삶은 누군가의 연민과 비아냥, 그 가운데 아슬아슬하게 매달려 있었다. 어쩌면 혼자 사는 삶이란 닫힌 문 근처에서 하염없이 문이 열리기만을 기다려야만 하는 시간일지도 모른다. 난 과연 이 막연한 기다림에 익숙해질 수 있을까. 끊임없는 질문과 두려움이 적막한 어둠을 채우기 시작한다.

닫힌 건 우리 집 문만이 아니다. 문밖에도 닫힌 문들이 가득하다. 내 대답을 원하는 막막한 질문과 걱정이 잠긴 도어락처럼 나와 마주한다. 결혼은 하셨냐는 질문에 내 삶과 선택을 해명해야 하는 순간들, 저출생을 걱정하는 각종 기사들, 늙고 병들어 돌봐주는 사람 없이 살면 외로울지 모른다는 친구들의 걱정, 너 닮은 자식 하나 키워야 말년에 쓸쓸하지 않다는 엄마의 말, 육아와 교육 이야기로 가득한 대화의 자리, 자식을 키워봐야 아이들을 제대로 가르칠 수 있다는 주변 선생님들의 조언까지. 닫힌 도어락을 열 수 있는 나만의 비밀번호는 여전히 작동 불가능이다.

얇은 잠옷 사이로 한기가 스며든다. 추위에 몸을 웅크린다. 정말 내 선택은 족쇄이자, 감옥일까. 그런데 눈을 돌려봐도 행복한 결혼 생활을 이야기하는 사람이 드물다. 엄마는 누나를 낳고 이혼했지만, 다시 아빠를 만나 나를 낳았다. 하루하루가 전쟁터였다. 바람을 밥 먹듯 피며 술을 먹고 엄마를 때리는 아빠. 나 때문에 이혼하지 않는 거라며 자신의 선택을 강요하는 엄마 사이에서 난 해방을 꿈꿨다. 그 시절 공중파 드라마엔 늘 불륜과 폭력으로 얼룩진 막장 드라마가 시청률 50%를 넘기곤 했다. 나에겐 관계의 지옥에서 허우적댈 삶보다 닫힌 화장실 안에서 아사할 삶이 해방에 가까웠을지도 모른다.

그래서 매 순간 내 선택을 정당화하려고 애썼다. 비혼의 삶을 기록한 책을 찾아 읽고, 아이들에게 소개했다. 왜 '미혼'이 아니라 '비혼'이라는 단어를 써야 하는지, 왜 가족의 행복과 내 행복이 등호 관계가 아닌지를 설명하곤 했다. 어쩌면 나와 같은 삶을 살아갈 아이들을 위해 든든한 방패막이를 선물해 주고 싶었는지도 모른다. 혼자 잘 살아가는 법, 무언의 압박에 떨지 않는 법, 무례한 질문에 대처하는 법, 닫힌 도어락 앞에서 자신을 지켜내는 법을 말이다.

닫힌 문을 여는 데는 10분도 채 걸리지 않았다. 도착한 열쇠 수리공이 내 신분증을 확인한 뒤 얇지만 강한 쇠막대기를 문틈 사이로 밀어 넣는다. 그 틈 사이로 기다란 기구를 능수능란하게 집어넣어 도어락을 해제한다. 열쇠 수리공은 이런 일이 한두 번이 아니라는 듯이 태연한 표정으로 내게서 13만 원을 받아 갔다.

집 안엔 온기가 가득하다. 긴장과 두려움으로 얼어 있던 내 몸도 천천히 녹기 시작한다. 다시 집 안으로 들어왔다는 안도감 뒤에 허무함과 걱정이 잇따른다. 난 저 문밖에 즐비하게 늘어선 도어락을 잘 열 수 있을까. 나를 향해 쏟아지는 질문에 '질문에도 순서가 있다.'라며 날카로운 비밀번호를 누르면 될까. 고슴도치처럼 가시 돋친 마음으로 누군가를 대하면 내 마음은 편해질까.

비밀번호를 바꾼 지도 한 달이 지났다. 문을 여닫을 때마다 자세히 보지 않으면 모를 아주 약간의 빈틈이 눈에 띈다. 저 미미한 틈새로 문이 열렸구나. 누군가의 마음에도 아주 얇은, 알아차리지 못할 정도의 미세한 틈을 낼 수 있을까. 그러면 언젠가 서로의 삶 속으로 들어서게 될까. 질문과 해명이 아닌 이해와 격려로 서로를 마주하게 될까. 그 순간을 위해서라면 어두운 적막 속에서 한없이 기다릴 수 있을 것도 같다. 새로운 비밀번호로 닫힌 문을 활짝 열어젖힌다.

아픔을
발견하는 슬픔

아무 말 없던 학생의 한마디 "자퇴할래요"

창백한 얼굴로 내뱉은 말에 냉기가 감돈다. 자퇴라는 단어가 귀에 꽂히는 순간 내 몸도 얼어붙는다.

"자퇴라니 무슨 말이야, 학생이 학교를 다녀야지. 무슨 일 있어?"

아이의 설명은 간단명료하다. 몇 개월 동안 옆 반 학생에게 괴롭힘을 당했고, 그 괴로움을 참기 어렵다는 것이다. 긴 질문에 짧은 대답의 파편만 돌아온다. 깊숙이 파묻

힌 마음을 캐내지 못한 채, 우선 집으로 아이를 돌려보냈다. 보호자에게 연락하기 전에 상황 파악부터 해야 했다. 급하게 반장, 부반장을 불러 자초지종을 따져 묻는다. 아이들은 말을 차례로 주고받으며 신나게 상황을 재잘거린다. 덩치가 큰 옆 반 아이가 우리 반 아이를 무릎에 강제로 앉히고, 볼을 꼬집고, 몸을 쓰다듬는 행동을 지속적으로 했단다. 과도한 물리적 폭력은 아닐지라도 아이가 경험했을 수치심과 부끄러움이 느껴졌다. 그 일을 왜 몇 개월 동안이나 말하지 않았냐는 물음에 돌아오는 답이 허무하다.

"별일 아니니까요."

나는 신규, 초짜 교사였다. 학급 경영이라는 말이 낯설었다. 내게 학급은 경영하는 곳이 아니라 아이들과 함께 노는 놀이터였다. 친구처럼 친근한 교사임을 자랑스레 여기던 시절, 아이들과 웃고 떠들며 스스로를 좋은 교사라 자부했다. 그런데 그 화기애애함 속에 가려진 그늘을 미처 보지 못했다. 내 무관심 곁에서 조용히, 하나씩 학교생활을 정리하던 존재를 발견하지 못한 것이다.

상황을 파악했으니 수습해야 했다. 보호자에게 연락하는 일이 우선이다. 하필이면 아이의 어머니는 초등학교 선생님이었다. 같은 교사끼리의 불편한 대화가 예상됐다. 26살 신규 교사의 일 처리가 얼마나 미덥지 않게 보일까. 두려움과 초조함을 구석에 밀어둔 채 목청을 가다듬는다. 최대한 차분한 목소리로 대화를 시작한다. 어머니는 의외로 덤덤하게 이야기를 들은 뒤 학생과 이야기해 보겠다 한다. 나의 실수와 부족함에 대해서는 한마디도 더하지 않는다. 다행이라 생각하며 끊긴 전화를 향해 안도의 한숨을 내쉬었다.

보호자의 끈질긴 설득에도 아이의 결심은 완고했다. 고등학교를 정상적으로 졸업해야 한다는 나의 설득도 실패했다. 사실 그 설득엔 처음으로 맡은 반 아이들과 끝까지 함께하고 싶다는 강박감도 한몫했다. 학생의 탈락과 포기가 내 결점으로 읽히는 게 두려웠다. 결국 보호자가 자퇴 서류에 서명하기로 한 날이 다가왔다. 하필이면 그날은 시험 기간이라 모든 선생님이 퇴근한 후였다. 신경이 곤두선 채로 점심을 굶고 어머니를 기다렸다. 3시간가량 지났을까. 무표정한 얼굴의 어머니가 아이와 함께 자퇴 서류에 서명했다. 교무실 문밖으로 어머니를 배웅하던 즈음, 갑자기 어머니가 뒤를 돌아보며 한마디를 내뱉는다.

"선생님, 조금만 더 살펴봐 주시지 그러셨어요."

"죄송합니다, 어머님."

내가 할 수 있는 유일한 한마디였다. 어머니는 그 자리에 가만히 서서 나를 계속 쳐다보았다. 무거운 발걸음이 서서히 멀어질 무렵, 교무실에 멍하니 앉아 내가 살피지 못한 것들을 생각해 본다. 내가 놓친 건 무엇이었을까. 누군가의 슬픔을 발견하지 못했다는 자책감이 파도처럼 밀려들자, 좋은 교사라는 자부심도 모래성처럼 서서히 무너지기 시작했다.

책걸상을 치우니 빈자리가 휑했다. 학생 수가 적은 학교인 터라 20명 남짓한 교실에서 한 명의 존재감이 컸다. 채워지지 않는 빈자리엔 질문만이 남아 나를 괴롭혔다. 학생은 학교에서 행복해야 한다는 신념이 꿈처럼 부풀던 시절이었다. 그런데 나 때문에 학교 밖으로 튕겨 나간 아이가 있있다. 꿈과 현실 사이에서 선생의 자격과 자질을 따져 묻는 불쾌한 물음이 계속해서 이어졌다.

습관처럼 떠난 아이의 삶을 캐물었다. 다행히 잘살고 있다는 소식이 틈틈이 전해졌다. 학교는 떠났어도 친구들과의 관계는 제자리였다. 그 아이의 추억은 다른 공간에서 소복이 쌓이고 있었다. 학교 밖에서 잘 지낸다는 이야기가 나를 향한 위로처럼 들렸다. 그 아이가 무사하다는 안부 한 줌으로 내 죄책감을 서서히 덮어갔다. 사실은 괴롭힘 때문에 학교를 나간 게 아니었다고, 그냥 학교라는 공간이 너무 힘들었을 거라고, 자신만의 살길을 찾아갔을 거라고 애써 나를 다독였다.

해마다 학교를 떠나는 아이가 늘어난다. 보호자들은 자퇴라는 선택지 앞에서 매번 절망하고 좌절한다. 애써 다른 선택지를 찾아 헤매다가 학교와 교사를 향해 울분을 쏟아내기도 한다. 그 마음을 달래는 일도 우리의 몫임을 안다. 그러나 고백하건대, 떠날 아이는 언젠가는 떠난다. 나는 교문 밖을 나서는 아이에게 미안하다는 말과 함께 학교 밖 삶의 길을 알려줬어야 했다. 그런데 그러질 못했다. 학교 밖은 위험하다고, 그러니 안전한 곳에서 머무르라고 윽박지르듯 호소했을 뿐이다. 누군가의 선택을 의심하고, 결정을 미루라고 설득하면서 괜한 상처만 더한 것은 아니었을까.

　침묵을 듣고 어둠을 보는 일에는 꾸준한 연습이 필요할지 모른다. 누군가의 슬픔을 읽기 위해 지금에서야 부지런히 슬픔을 공부하고 있다. 그러다 발견한 슬픔을 향해 다정하게 말을 건네자고 다짐해 본다. 너의 슬픔을 존중하며 듣겠다고, 슬픔의 막다른 길에서 내린 선택을 있는 그대로 받아들이겠다고. 떠나보낸 아이를 향한 뒤늦은 사과의 편지를 이제야 쓴다.

다음엔 사람 많은 곳에서 만나

졸업식이 끝났다. 아이들과 추억을 나눈 뒤 교무실로 올라간다. 책상에 편지 한 장이 놓여 있다. '감사했어요. 얼굴 뵙고 인사드리고 싶었는데, 자리에 안 계셔서요. 다음에 꼭 찾아뵙겠습니다.' 우리 반 학생은 아니었다. '나한테 감사할 만한 일이 있었나?' 기억을 헤집어 봐도 딱히 떠오르는 흔적이 없다. 살갑게 대화를 나누던 사이도 아니었다. 별일 아니겠거니, 모든 선생님께 남긴 마음이겠거니 생각하며 편지를 서랍 속에 넣어 둔다.

어김없이 스승의 날이 찾아왔다. 작년에 졸업한 제자 몇 명이 찾아와 인사를 나눈다. 아이들과의 대화 주제는 비슷 비슷하다. 수업과 학점, CC와 연애, 조만간 가야 할 군대 걱정까지. 마치 복사, 붙여넣기를 한 것처럼 비슷한 대화가 지루하게 이어진다. 퇴근하기 직전 한 아이가 불쑥 교무실로 걸어 들어온다. "선생님 안녕하세요. 저 OO인데, 기억하시겠어요?" 3개월 전 마음을 남기고 간 아이가 예쁘게 염색하고 화장까지 했다. 달라진 모습에 잠시 알아보지 못하다가 웃으며 인사를 건넨다.

　"당연하지, 오랜만이다. 그때 편지 쓰고 갔었잖아. 그치?"
　"네 맞아요. 괜찮으시면 사람 없는 곳에서 이야기 나눌 수 있을까요?"

　조용한 공간을 찾아 헤맨다. 장소가 마땅치 않다. 결국 1층 중앙 현관 구석에 어색하게 선다. '왜 교무실에서 말하지 못하는 걸까?' 의문이 들었지만, 굳이 묻지 않았다. 기댈 것 하나 없는 곳에 나란히 서서 서로의 안부를 묻는다. 아이도 즐겁게 웃으며 남들과 다를 바 없는 대학 생활을 하나씩 꺼내 놓는다. 문득 꺼내지 못한 서랍 속 편지가 떠오른다.

"나한테 뭐가 그렇게 감사했어?"

아이가 빙그레 웃으며 내 기억 속 흔적을 풀어헤쳐 놓는다. 수업에 들어가니 그 아이 주변을 남자아이들이 둘러싸고 있다. 번지는 웃음과 미소가 차갑다. 가까이 갈수록 조롱과 비아냥이 들린다. 그 틈 사이로 책상에 올려진 화장품이 눈에 띈다. 남자가 무슨 화장이냐고, 이런 건 여자들이나 하는 거라고, 게이 아니냐고 힐난하는 목소리가 귓가에 꽂힌다. 상황을 정리하고 아이들을 제자리에 앉힌 뒤 잠시 마음을 가다듬는다. 흥분은 학생 지도의 최대 걸림돌이다. 차분한 목소리로 설명과 꾸지람이 섞인 질책을 10분가량 쏟아낸다.

"메트로섹슈얼(metro sexual)이라는 말 들어 봤니? 스스로를 가꿀 줄 아는 현대 남성을 뜻하는 말이야. 자기 관리하는 세련된 남성상을 의미하기도 하지. 다들 지큐, 아레나 같은 잡지 본 적 없어? '남자답게, 여자답게'라는 말은 허상이야. 정의할 수 없으니 실체를 알 수 없지. 경계와 틀에 갇히지 않고 자유롭게 사고할 줄 알아야지. 남자가 화장하는 걸 이상하게 보는 건 촌스러운 행동이야. 다들 몰랐으니 그럴 수 있어. 지금 내가 가르쳐줬으니 달라져야겠지?"

지금에야 남자가 화장하는 게 별일 아니지만, 그때만 해도 남자가 화장하는 게 어색하게 보일 법도 했다. 모르면 가르쳐주면 되는 일이었다. 내가 염려한 건 낯선 타인을 향한 본능적인 밀어냄이었다. 다른 존재를 향한 원색적인 비난과 조롱이었다.

그 일을 까맣게 잊고 있었다. 학교에서 학생의 잘못을 발견하고 가르치는 일은 지루하게 반복된다. 특별한 일이 아니면 쉽게 지워 버린다. 그런데 그 아이에게는 아니었던 거다. 누군가가 자신을 공개적인 자리에서 지지하고 격려해주는 경험을 처음 겪었다는 아이. 그 고마움을, 감사함을 몇 개월이나 간직하다 담담한 편지로 건넨 것이었다.

"사실은 제가 남들과 다른 정체성을 가지고 살아가는데, 그걸 숨기고 감추느라 늘 힘들고 서러웠어요. 그 자리에서 저를 응원해 주셔서 얼마나 힘이 됐는지 몰라요. 이 말씀을 꼭 드리고 싶었어요. 정말 감사합니다."

말끝에 펑펑 울던 그 아이의 눈을, 나는 결코 잊지 못한다. 슬픔이 쏟아지는 자리에서 난 기꺼이 그 아이가 기댈 곳이 되어주었다.

사람은 누구나 가면을 쓴다. 위치와 상황을 따져가며 타인을 대한다. 얼핏 보면 평범해 보이는 사람도 모두 가면을 쓰고 살아간다. 그런데 그 안에서 숨 막혀 죽을 듯한 아이들이 있다. 다르다는 이유로 손가락질받을까 봐 아닌 척, 괜찮은 척 연기하는 순간들. 자신을 드러내려면 차별과 혐오에 노출되는 두려움을 온전히 감수해야만 한다. 그 몫을 누군가의 짐으로 맡겨두는 게 과연 맞는 걸까.

차별과 혐오는 그 자체로 고통이다. 고통은 마음에서 몸으로 번진다. 다른 정체성을 지닌 존재의 우울과 아픔은 어떤 모습일까. 이런저런 자료를 찾으니 몇몇 오래된 연구가 눈에 띈다. 정체성을 밝힌 청소년 10명 중 8명이 주변인에게 혐오 표현을 들은 적이 있다고 한다. 우울, 자해, 자살 시도 경험은 일반 청소년의 2배 이상이었다. 내가 할 수 있는 일이라곤 무미건조한 숫자로 그 아이의 과거를 어루만지는 것이었다.

가끔 그 아이의 삶을 떠올려 본다. 세상이 그대로니 달라지지 않았을 것만 같다. 가려진 그늘을 찾아 헤매고 있진 않을까. 그래도 상상해 본다. 사람들이 북적거리는 공간에서, 큰 목소리로 웃으며 이야기하는 모습을. 숨기고 감출 것 하나 없이, 활짝 드러내도 안전한 공간에서 행복을 쏟아내는 그 아이의 얼굴을.

다행히 그 학생이 게이는 아니라네요

"다행히 그 학생이 게이는 아니라네요."

선생님이 말한 '다행'의 세계는 과연 어디쯤일까?

한 달에 한 번 선생님들과 공부 모임을 꾸려 나간다. 정해진 주제와 관련된 문학, 비문학, 영화, 드라마 등을 수집해 공유하는 모임이다. 선생님들의 모임이다 보니 학교 이야기가 빠질 수 없다. 테이블 위에 쌓인 숱한 자료를 밑거름 삼아 결국 학생과 수업, 삶의 이야기로 나아간다.

6월의 테마는 사랑이었다. 이야기는 각자의 삶만큼이나

다양했다. 나는 에로스가 종말된 시대에 진정한 사랑을 찾아 헤매는 대중 매체의 판타지성에 주목했다. 이어 사랑이 불가능한 시대를 은유하는 영화를 소개했다. 한 선생님은 사랑의 범위를 확장해 인류와 자연, 세계와 우주에 대한 사랑을 설명했다. 자연스레 이야기는 사랑의 다양한 형태로, 그리고 동성애로 연결되었다.

그때 한 선생님이 자연스레 자기 학교에서 있었던 이야기를 풀어놓으셨다. 본인 학교에서 한 남학생이 다른 남학생의 바지를 벗긴 뒤 성행위를 하는 듯한 행동을 취해 선도위원회에 회부되었다는 것이다. 모임에 참석하신 선생님이 선도위원회 관련 업무를 담당했기에 자연스레 해당 사안을 살펴보셨다고 한다. 듣기만 해도 과도한 폭력의 수준과 피해 학생이 느낀 성적 수치심이 심각했다. 학교에서도 해당 문제를 어떻게 풀어나갈 것인지 꽤 깊은 논의를 했다고 한다. 문제는 대화를 나누던 도중 한 선생님의 발언에서 비롯됐다. 피해 학생의 담임 선생님, 선도 업무를 담당한 선생님, 학년 부장 선생님이 모인 자리였다.

논의 도중 피해 학생의 담임 선생님이 "다행히 그 학생이 게이는 아니라네요."라고 말했다는 것이다. 우리 모임에 참석 중인 선생님께서 "왜 그게 다행한 일이죠?"라고 되물으니, 피해 학생의 담임 선생님은 가해 학생이 성적인 의도를 가지고 한 행동이 아니기 때문에 '그나마 다행'이라는 뜻으로 발언의 의미를 설명했다고 한다. 우리 모임의 선생님은 그 행위가 잘못된 이유는 상대가 동성이든 이성이든 타인에게 가한 과도한 폭력에 있는 것이지, 가해자 학생의 성 정체성을 문제 삼을 건 아니라고 반박하셨다. 게이라고 해서 심각한 처벌을 받아야 할 것도, 아니라고 해서 가벼운 처벌을 받아야 할 것도 아니라는 취지였다. 그러나 그 선생님은 자신의 견해를 굽히지 않으셨다고 한다. 그리고 끝으로 "전 앞으로 동성애자 학생을 만나면 어떻게 교육해야 할지 모르겠어요."라고 대답했다고 한다.

알고 보니 피해 학생의 담임 선생님은 독실한 기독교인이었다. 순간 잠시나마 그 선생님이 속한 세계를 머릿속으로 그려보았다. 다수와 소수가 정상과 비정상으로, 정상과 비정상이 선과 악으로 치환되는 세계의 풍경을. 그 세계에서 다수에 포섭되지 않은 삶은 불행이며, 저 언덕 너머의 삶은 어떻게든 구원받아야 하는 삶이겠지. 하느님이 창조한 선의 세계에서 한 인간이 게이가 아닌 것은 다행한 일이며, 악의 세계에 빠진 한 인간을 어떻게 구원할 것인가는 그 선생님의 삶에서 진지한 고민일지도 모르겠다며 애써 이해하려 노력했다. 하지만 누군가의 확고한 신념으로 가득 찬 그들만의 세계에서 누군가의 자리가 가려지고 지워지는 모습을 떠올리며 씁쓸함을 느끼는 건 왜일까.

떠오르는 풍경이 있다. 특정 공간을 누릴 자격이 있는지를 따져 묻는 퀴어 축제의 풍경이다. 퀴어 축제는 매해 7월 서울 시청 광장에서 열린다. 관련 기사에는 모든 시민을 위해 사용되어야 할 공간이 특정 집단의 권리를 주장하는 장소가 되어서는 안 된다는 댓글이 달린다. 모든 시민을 위해야 한다는 목소리에서 특정 시민의 존재가 배제되는 건 아이러니다. 그럴 때마다 그들이 속한 세계를 상상하며 이해해보려고 노력하지만 쉽지만은 않다.

서울 **시청** 광장의 잔디는 파릇파릇하다. 그 위로 자신의 **정체성**을 드러내려는 사람들이 삼삼오오 모여 서로의 삶을 응원한다. 그 삶을 둘러싸고 수많은 기독교인이 회개하라는 문구를 몸에 두른 채 잔디 광장 속 퀴어를 향해 증오와 구원을 소리친다. 연대와 차별, 포용과 혐오가 뒤섞여 어지럽게 아름다운 공간에서 두 세계는 나란히 평행한다. 이어지는 퍼레이드에서 신나는 걸그룹 노래와 찬송가의 불협화음이 서로의 공간을 침범하며 묘하게 어우러진다. 죄인들을 향해 회개하라고 외치는 확성기를 바라보며 누군가는 욕설을 상징하는 손가락을 힘껏 쳐들고, 누군가는 손하트를 보낸다. 그리고 그사이를 수많은 경찰이 에워싸며 경호한다. 수많은 경찰이 엄호하는 공권력의 질서에서 너희의 세계는 저들의 세계와 결코 화합할 수 없다는 준엄한 메시지를 읽는다. 우리와 그들의 만남이 충돌과 갈등으로 이어져 결국 각자가 자리 잡은 세계에 큰 상처를 남길 것이라는 엄중한 경고를 확인한다.

이 세계와 저 세계는 영원히 만날 수 없는 것일까. 공권력의 보호와 경계가 사라진 세상에서 우리에게 남는 것은 사랑일까 혐오일까. 가끔 그 거대한 장벽을 걷어치우고,

두 존재가, 두 세계가 만나는 세상을 상상한다. 상상의 세계에서 그들은 서로 싸우며 생채기를 남기지만, 상상의 마지막은 늘 사랑이 혐오를 껴안는 장면으로 끝을 맺는다. 그렇게 언젠가 우리에게 도래할 환대의 세계를 기다린다. 그 간절한 기다림으로 서로의 세계가 평행선을 탈주해 끝끝내 마주하리라 믿는다.

가정통신문은 (   )에게 보여드리렴

가정통신문을 배부하고 회수하는 일은 늘 번거롭다. 놔두고 가는 아이가 부지기수고, 제때 가져오는 아이는 드물다. 나무라도 잘 바뀌지 않는다. 최후의 수단은 여분을 챙겨가는 것이다. 동료 선생님의 독촉을 받지 않으려면 아이들에게 보호자 서명까지 하라고 독촉하는 수밖에. 보호자 필체를 따라 하는 방식도 가지가지다. 펜을 바꿔가며 어른 글씨를 흉내 낸다. 글씨에 귀여운 장난기가 담겨 있다.

그렇게 걷은 가정통신문에는 한 가지 공통점이 있다. 보호자 서명 칸에 모두 엄마 이름을 적는다는 것. 비단 가정통신문뿐일까. 아이의 신상과 관련해 무슨 일이 생길 때마다 나를 비롯한 대다수 교사가 어머니에게 전화를 건다. 어느덧 교육과 엄마는 등호 관계가 되어 버렸다. 나도 한동안 그걸 당연하다 여겼다. 두 명의 보호자에게 연락하는 일도 번거로운 시간 낭비다 싶었다. 관행이 무서운 이유다. 질문과 의심을 가로막고, 다른 가능성을 상상하지 않게 만든다.

하루는 교사인 친구를 만나 이런저런 이야기를 나누었다. 가정통신문을 잘 가져오지 않는 아이들에 대한 고민도 토로했다. 친구가 잠시 생각에 잠기더니 나를 빤히 쳐다보며 한마디 한다. "근데 난 어머니한테 가정통신문 보여드리라고는 안 해. 우리 학교에는 워낙 조손, 한부모 가정이 많아서 그런 말 쓰기가 좀 그렇더라. 대신 어르신이라는 말을 써. 집에 계신 어르신 보여드리라고." 그 친구는 부산에서 경제적으로 낙후된 지역에 근무하고 있었다. 아뿔싸. 난 왜 그 생각을 못 했을까. 곰곰이 과거를 되짚어 본다.

　우리 집은 재혼 가정이다. 엄마는 결혼한 뒤 누나를 낳았지만, 아빠의 폭력과 외도가 반복됐다. 외가 친척들이 나서 엄마의 이혼을 종용했다. 결국 엄마는 이혼했고, 누나는 오랜 시간 엄마, 할머니와 살았다. 시간이 흘러 엄마 나이가 30대 후반이 됐을 때쯤 누나가 초등학교(국민학교)에 가야만 했다. 80년대는 촌스러운 법이 많았다. 자녀의 초등학교 입학에 친부의 서명이 필요했다. 엄마는 어쩔 수 없이 이혼한 남편에게 연락했고, 그렇게 다시 연이 닿아 재혼해 나를 낳았다. 역사가 되풀이된다는 법칙은 한 인간의 삶에도 예외가 아니었다. 아빠는 여전히 폭력과 외도를 일삼았다. 낯선 여자가 찾아와 문을 두드리며 소리 지르던 풍경을, 안방에 있던 엄마를 내쫓던 장면을, 나는 결코 잊지 못한다.

　제발 이혼하라는 내 울음에 엄마는 늘 같은 말을 반복했다. "너 결혼해야지. 엄마, 아빠가 온전히 있는 모습을 보여줘야지. 괜히 아빠 없는 집안에서 자랐다고 누가 흉보면 어떡하니. 그래도 아빠를 만나 네가 태어났잖니. 싫어도 아빠고, 미워도 아빠야. 그게 천륜이고 인륜이란다."

내 세계에서 엄마는 슈퍼우먼이고, 아빠는 조커였다. 조커는 무찔러야 할 악당이었지만, 세상에서는 그 둘이 만나야만 한 편의 영화가 될 수 있었다. 그렇게 엄마는 집안의 생계와 양육과 교육을 책임졌다. 아빠는 말 그대로 아무것도 하지 않았다. 엄마는 그런 아빠를 욕하면서도 감쌌다. 엄마와 아빠, 누나와 나라는 4인 가족의 틀은 사회에서 요구하는 정상 가족 그대로였지만, 그 어느 가족보다 비정상적으로 살았다. 정상 가족의 탈을 뒤집어쓴 비정상 가족에서, 난 늘 벗어나고 싶었다. 그러나 내 상처 깊숙이, 정상 가족의 프레임이 무겁게 박혀 있었음을 부정할 수는 없다.

친구의 말을 들은 이후로 엄마, 아빠라는 말을 쓰지 않았다. 보호자라는 말을 사용하려고 노력했다. 학기 초 비상 연락망을 수집할 때도 보호자 1(필수), 보호자 2(선택)로 구분했다. 대다수 아이가 두 빈칸을 다 채웠지만, 그렇지 않은 아이도 많았다. 물론 빈칸이 부재를 뜻하지는 않을 테다. 가족을 향한 아이의 태도일 수 있기 때문이다. 연

락이 가지 않았으면 하는 존재를 의도적으로 지워버렸을
지도 모른다. 마치 어렸을 적 나처럼. 두 칸을 다 채운 아
이는 보호자 1에 누구를 적었을까? 엄마일까, 아빠일까,
할머니일까, 할아버지일까, 혹은 다른 존재일까. 채워진
것과 채워지지 않은 것 사이에서 가족 형태의 다양성을,
가족을 대하는 아이들의 마음을 살짝 엿보곤 한다.

코로나가 한창이던 시절 큰 실수를 한 적이 있다. 온라
인 수업이 익숙지 않을 때다. 수업이 시작되고도 접속하지
않는 아이들에게 문자 전송 시스템을 사용해 일일이 문자
를 보내야 했다. 화면에 아이들의 비상 연락망을 띄워 놓
고 출석 체크와 동시에 연락한다. 한 번은 깜빡하고 화면
공유 기능을 해제하지 않은 채로 비상 연락망을 띄워 두었
다. 1~2분가량 반 아이들의 비상 연락망이 실시간으로 송
출되었다. 그때 한 학생이 채팅으로 "선생님 우리 반 아이
들 전화번호가 다 보여요."라고 하는 게 아닌가.
황급히 창을 껐으나 이미 번호가 노출된 상황이었다.
전화번호 유출보다 더 걱정되는 건, 보호자 2가 채워지지

않은 아이들이 드러났다는 거였다. 빈칸이 부재를 의미하지는 않으나, 아이들은 당연히 그렇게 생각할 법도 했다. 아이들이 지닐 누군가를 향한 선입견이 두려웠다. 이후 빈칸이 드러난 아이들을 만나 미안하다는 말을 건넸다. 아이들은 생각보다 담담했다. 별일 아니라고 말한 아이가 고마웠다. 그러면서도 의문이 들었다. 나는 무엇을 사과한 걸까. 비상 연락망 속 빈칸에 어떤 의미를 부여하고 있는 걸까. 해결되지 않은 물음이 내 어두운 과거에 진흙처럼 가라앉아 엉키기 시작했다.

양쪽 보호자가 다 존재한다고 생각하는 것, 정상 가족을 엄마와 아빠라는 특정 존재로 환원하는 것, 존재한다면 엄마가 교육의 책임을 지녀야 한다는 고정관념에 젖은 나를 발견하곤 한다. 아직도 나를 보며 "엄마, 아빠 살아있을 때 결혼해야지."를 외치는 엄마만을 탓할 일일까. 정상 가족의 늪에서 빠져나오지 못하게 만드는 사회의 무심함을 탓할 수는 없을까. 혼인과 혈연으로 맺어진, 각자의 역할이 규정된 정상 가족이 아닌 다른 가능성을 향한 상상을 금지하는 사회에서 우리는 얼마나 자유로운가.

'짱깨'라는 말이 듣기 불편하다면

시험 기간이다. 시험 범위까지 다 나갔기에 자습 시간을 준다. 휴대폰을 걷지 않는 터라 많은 학생이 휴대폰을 꺼내 들어 각자의 세계에 빠져든다. 시끌벅적한 휴대폰 속 세계의 소음은 교실 안에 울려 퍼지지 않는다. 덕분에 교실은 고요하다. 이렇게나 조용한 교실이라니. 식당에서 부모들이 왜 자녀에게 유튜브를 보여주는지 알 듯도 하다. 어린이나 고등학생이나 별반 다르지 않은 게 분명하다.

군데군데 학생들이 삼삼오오 모여 있다. 서로 같은 화면을 보며 옅은 미소를 짓는다. 무엇을 보고 있는 걸까? 아마도 게임 영상이나 여자 아이돌 영상이겠지. 잡생각을 떨쳐 버리고 교탁 근처 책상에 앉아 밀린 행정 업무를 처리한다. 내 주변에 앉은 남학생 몇 명은 각자 게임을 하고 있다. 갑자기 학생 한 명이 점심 급식 메뉴를 불평하기 시작한다.

"오늘 점심 뭔데?"

"곤드레나물밥"

"아, 개맛없겠다…. 짱깨나 먹으러 갈래?"

"좋지~ 외출증 받아서 나가자."

유독 '짱깨'라는 단어가 귀에 거칠게 밀려 들어온다. 부산 남자 특유의 억센 억양과 센 발음이 그 단어만을 도드라지게 뱉어냈는지도 모른다. 그때였다. 그 남학생 근처에 있던 한 학생이 조용한 목소리로 옆에 있던 학생에게 넌지시 묻는다.

"사실 우리 엄마가 중국인인데, 저 '짱깨'라는 단어가 중국인을 비하하는 단어 맞제?"

"음… 그냥 중국집을 다 짱깨라고 하니까… 쟤들도 별

생각 없이, 뜻도 모르고 사용하는 거다. 신경 쓰지 마라."

"맞나…. 그냥 그렇게 이해하면 되나…."

그 학생의 이야기를 듣지 못한 남학생들은 계속해서 '짱
깨'를 주제로 대화를 나눈다. 어떤 중국집을 갈지, 어떤 메
뉴를 먹을지 계속해서 대화를 나눈다. 순간 개입하고 싶은
욕구가 솟구친다. '그런 말을 써서는 안 된다고, 아무렇지
않게 내뱉는 너희의 말에 누군가의 마음이 다친다고.' 그
런데 그러질 못했다. 아무렇지 않은 교실의 분위기를, 학
생과의 관계를 어색하게 만들기 싫었기 때문이다. 1~2분
이 지났을까. 중국인 어머니를 둔 학생이 책상 위에 휴대
폰을 조용히 내려놓는다. 그러곤 차분한 목소리로 그 아이
들을 향해 이야기한다.

"OO아, 사실 우리 엄마가 중국인인데, 계속 '짱깨', '짱
깨' 하는 말이 좀 듣기 거슬러서…. 그 말 좀 안 하면 안 되
겠나?"

그 말을 들은 아이들이 당황한다. 그런 뜻으로 사용한

게 아니었다며, 미안하다고 곧바로 해명한다. 곧이어 쓰지 않겠다는 사과의 말 한마디가 고요한 교실에 아주 작고 낮게 퍼진다. 분명 그 아이들도 몰랐을 테다. 혐오와 차별의 의도를 담아 내뱉은 게 아닌 게 분명하다. '짱깨'라는 말이 담고 있는 의미조차 모르고 사용했을 게 당연하다. 다들 그렇게 누군가가 쓰던 말을 아무렇지 않게 사용하곤 하니까. 어렵사리 말을 꺼낸 아이가 다시 옆 친구에게 조심스레 묻는다.

"앞으로도 저런 말을 많이 듣게 될 거 같은데, 내가 어떻게 반응해야 할지 모르겠다."

그 순간만큼은 내가 개입해도 된다고 생각했다. 지금 너의 행동이 옳다고 말해주고 싶었다.

"네 마음이 불편하면 그 마음을 있는 그대로 표현하면 돼. 지금처럼."

자기 말을 듣고 있을 줄 몰랐다는 듯 조금 놀란 표정이다. 나도 그 아이를 한 학기 동안 가르치면서 그 아이의 어머니가 중국인인 줄 알지 못했다. 담임이 아닌 이상 학생의 가정환경까지 파악하기에는 어려우니까. 혹시나 내가 수업을 하다가 실수한 적은 없었을까. 내가 근무했던 학교는 모두 다문화 가정이 없다시피 했다. 그런데 그것 또한 착각이 아니었을까. 다른 피부색과 서툰 언어로만 도드라지는 존재를 발견할 수 있다는 생각은 편견의 다른 모습일 테다. 보이고 들리는 존재만을 발견하려는 투박한 마음이 누군가에게 상처로 남지 않았을까. 드러나지 않는, 드러날 수 없는 다양한 존재들이 있을 테다. 그렇게 생각하니 내가 무심결에 뱉었을지도 모를 날카로운 언어의 파편들이 눈에 밟히기 시작한다.

김지혜의 《선량한 차별주의자》에서는 우리가 사용하는 일상 언어가 어떻게 타자를 배제하고, 소수자를 혐오하는지를 설득력 있게 논증한다. 무엇보다 무서운 건 언어를 둘러싼 차별과 배제, 혐오의 냄새가 탈취되어 아무렇지 않게 사용되는 현실이다. 그 누구도 아무를 밀어내지 않지만, 누군가에게 끝없이 밀려나는 존재들. 그러나 그 존재들은 밀려나는 마음을 내뱉기를 망설인다. 예민한 사람으로 보이기 싫기 때문이다. 날을 세우지 않는 둥글둥글한 사람이 되고 싶기 때문이다. 그렇게 애써 아무렇지 않은 척, 다수에 속한 척 자신의 존재를 포장한다.

그러나 상처받지 않은 척, 괜찮은 척해서 좋아지는 관계란 없다. 무엇보다 불편한 마음을 짓누르는 건 나에게도 해로운 일이다. 부정적인 감정도 타인을 배려하며 뱉을 수 있다. 날카로운 언어에 베이지 않게 조심스레, 진솔하게 진심을 건넨다면 상대방과의 관계가 틀어질 리 없다. 만약 틀어진다 해도 상심할 필요는 없을 테다. 내 존재의 마음 다침에 무심한 사람에게 매달릴 필요는 없으니. 그러니 굳게 결심하자. 이 순간, 여기의 내 마음을 잘 들여다보자고. 그리고 그 마음을 있는 그대로 표현하자고.

RE: 콘돔이 찢어졌을 땐

콘돔이 찢어진 걸 알게 되면 어떻게 해야 할까. 다행히 (?) 그런 적이 없어 나도 대처법을 모른다. 이런 상황이 되면 아마도 인터넷을 열심히 검색할 듯하다. 사후 피임약과 관련된 정보를 찾아보겠지. 아니면 비밀을 공유해도 좋을 아주 친한 친구에게 물어보거나. 어엿한 성인인 나도 성과 관련된 일은 늘 어렵고, 조심스러운데, 고등학생이라면? 만약 삶을 마주하는 두려움이 나이와 반비례한다면 나보다 2배는 더 당황하고 헤맬 것이 분명하다.

학생의 사생활을 훔쳐본 적이 있다. 정확히 말하면 학생의 성관계 사실을 어쩌다 보니 알게 된 적이 있다. 아이들이 과제를 가져오지 못하면 가끔 교사의 컴퓨터를 빌릴 때가 있다. 보통은 담임 선생님을 찾아간다. 모든 학생의 과제를 출력해줄 수 없으니 웬만하면 잘 빌려주지 않는다. 그래도 아이가 사정하면 어쩔 도리가 없다. 그날도 그랬다.

남학생 한 명이 조심스레 교무실 문을 연다. 나를 향해 성큼성큼 걸어온다. 갑자기 나에게 말을 건넨다. "선생님, 혹시 노트북 좀 빌려주실 수 있을까요? 과제를 출력해야 되는데, 담임 선생님이 안 계셔서요." 보통이라면 허락하지 않지만 담임 선생님 다음으로 나를 찾아온 이유가 있겠거니 생각하며 흔쾌히 허락한다. 1~2분 정도 지나니 "감사합니다."라는 인사를 하고 출력된 과제를 챙겨 조심스레 교무실을 나선다. 나도 내 자리에 돌아와 업무를 하기 시작한다. 그러다 네이버 화면을 켜고 메일함에 접속한다.

내 메일함은 늘 스팸으로 가득 차 있다. 안 읽는 메일이 허다하다. 중요한 메일만 읽기에 '읽음 표시'가 된 메일은 늘 눈에 띈다. 창을 내리다 보니 '읽음 표시'가 된 메일이 보인다. 그런데 제목이 낯설다. 'RE: 네이버 지식인 질문에 답변이 달렸습니다.'라니. 나는 네이버 지식인에 질문을 올린 적이 없는데? 별생각 없이 메일을 클릭한다.

메일 속 내용이 단순하고 강렬하다. 질문 내용은 '여자 친구와 섹스한 뒤에 콘돔이 찢어진 걸 알았어요. 어떻게 해야 하나요?'이다. 아뿔싸, 내 이메일이 아니구나. 순간 읽으면 안 된다는 망설임보다 검지가 더 재빠르게 움직인다. 답변자는 일반인이다. 검색하면 나올 법한 뻔한 내용은 '답변 채택 부탁드립니다.'라는 문장으로 끝을 맺는다. 황급히 로그아웃하고, 창을 닫는다. 윈도우 배경 화면 위로 섹스, 콘돔, 고등학생, 교복의 잔상이 얽히기 시작한다. 노트북 화면을 닫고 눈을 감으니 여러 감정이 교차하며 충돌한다. 누군가의 사생활을 훔쳐봤다는 자책감, 제자의 성관계 경험을 알게 됐다는 당혹감, 앞으로 이 아이를 2년은 더 봐야 한다는 민망함, 이 일을 사과해야 하나 말아야 하는 혼란까지.

어찌 됐든 아무렇지 않게 그 아이를 대해야 한다. 섣불리 내 실수를 이야기하며 민망한 관계를 만들고 싶지 않다. 그런데 문득 '다양성을 주제로 소설 읽기' 수업을 하면서 책 목록에 넣어둔 '청소년 임신'과 관련된 소설이 생각난다. 아이들이 원하는 책을 고르면, 같은 책을 고른 아이들과 대화를 나눈 뒤, 모둠별로 보고서를 작성하는 수업이다. 갑자기 그 아이가 선택한 소설이 궁금하다. 노트북 화면을 다시 열고 그 아이가 선택한 소설 제목을 확인한다. 그 아이가 고른 소설은 《키싱 마이 라이프》. 예상대로 청소년 임신을 소재로 한 소설이다.

타인의 존재를 수용하자며 시작한 수업이다. 그런데 그 아이가 선택한 소설은 타인이 아닌 자신의 삶과 관련된 소설이었다. 다양성을 이야기하는 소설을 다루면서도, 내가 속한 교실을 다양성과는 거리가 먼 진공 상태로 간주한 건 아니었을까. 4시간의 독서, 2시간의 대화, 이후 보고서 작성으로 꽤 오래 진행되는 수업에서 그 아이를 힐끔힐끔 훔쳐본다. 보고서를 받기 전까지 그 아이가 나눈 대화가 무척이나 궁금했다. 책을 읽으며 무슨 생각을 했을까? 자신의 경험을 아이들에게 진술하게 털어놓았을까? 소설의 결말은 주인공이 아이를 낳는 것으로 끝나는데, 이 결말을 어떻게 생각할까?

드디어 보고서가 제출된 날, 그 어느 모둠보다 그 아이가 속한 모둠의 보고서를 먼저 열어 본다. 소설의 내용을 받침 삼아 청소년의 성과 학교의 성교육에 대한 흥미진진한 대화가 기록돼 있다. 그 아이의 말이 논리적이다. 청소년은 안전한 공간에서 상호 합의하에 섹스할 수 있으며, 청소년의 건강을 위해 학교의 성교육이 개선되어야 한다는 내용이었다. 보고서는 소설 제목의 의미를 해석하는 아이들의 대화로 끝을 맺었다. 그 아이는 이렇게 결론 내린다.

나는 《키싱 마이 라이프》라는 제목이 자신의 삶과 가까워지라는 의미라고 생각해. 처음에 주인공은 아이가 생겼다는 사실을 부정하고, 갈수록 힘들어지는 인생에 극단적인 생각도 하잖아. 그런데 그 상황을 극복하고 아이를 낳고 결국 어머니에게도 말하고 열린 결말로 이야기를 마무리하잖아. 어떠한 순간에서도 내 삶과 멀어지지 말고 가까

워지자는 뜻 아닐까?

　보고서 속 아이는 욕망을 지닌 자신의 삶을, 선택을 사랑하는 주체였다. 성과 관련된 이야기를 숨기고 감추며 구석진 곳에서 은밀하게 나눠야 할 부끄러움으로 치부하는 나와는 달랐다. 성인이 된 후 술자리에서 주변 남자들의 음담패설과 과장된 경험담으로 성을 배운 나와도 달랐다. 대낮의 한 교실에서 소설을 읽고 삶을 이야기했을 뿐이다. 교사가 된 이후에도 실질적인 성교육이 이루어져야 한다고 생각했지만, 그렇다고 청소년의 성에 무작정 개방적일 수는 없었다. 어쩌면 교복을 보며 학생다움을, 학생다움을 공부로 치환하는 지루한 은유 속에 갇혀 있었던 걸지도 모른다. 나에게 학생은 욕망의 냄새가 탈취된, 얼룩이라고는 없는 표백된 존재여야만 했다. 그 얼룩이 누군가의 삶일 수 있음을, 그 삶을 지우는 것이 잘못된 일임을 미처 알지 못했다.

　후회와 반성, 미안함을 직접 말할 용기가, 내겐 없었다. 대신 그 마음을 아래의 기록으로 남겨 전했을 뿐이다.

다양성을 주제로 실시한 한 학기 한 권 읽기 활동에서 '청소년 임신'을 주제로 한 《키싱 마이 라이프》 책을 선택하여 자신의 감상, 생각을 논리적으로 정리함. (중략) 청소년의 본능을 있는 그대로 직시하고 수용하는 사회 분위기가 형성돼야 함을 타당하게 논증함. 특히 소설 제목인 《키싱 마이 라이프》를 '어떠한 순간에서도 자신이 선택한 삶에서 멀어지지 말자.'라는 의미로 해석하면서 작품의 주제를 개인적, 사회적 차원으로 확장해서 이해하는 능력이 매우 뛰어남.

10년 만에 사과하고 싶어요

옛 제자에게 연락이 오면 반갑다. 대부분 시험 합격과 취업 성공을 자랑하며 감사해한다. 물론 아이의 인생에 좋은 일만 있는 게 아님을 안다. 즐겁고 행복한 일보다 힘들고 지치는 일들이 많았겠지. 통화는 늘 학창 시절을 향한 그리움으로 끝을 맺는다. 흐릿해진 추억을 끝없이 되새김질하는 아이들을 보며, 고단한 현실 살이를 떠올리곤 한다. 아무 생각 없던 학창 시절로 돌아가고 싶다는 아이들의 말을, 나는 곧이곧대로 믿는 편이다.

그런데 돌아가고 싶은 이유가 제각각이라는 걸 최근에

알게 됐다. 카페에 앉아 이런저런 일을 하던 어느 날, 갑자기 카톡 알림 창에 낯선 이름이 뜬다. 10년 전 제자다. 당시 고등학교 1학년이었던 아이의 담임을 한 이듬해 나는 그 학교를 떠났다. 이 아이와도 친밀하게 지내긴 했으나 학교를 떠난 이후로 연락을 주고받지는 않았다. '선생님, 혹시 통화 가능하세요?'로 시작된 문장이 건조하다. 무슨 일일까 궁금하기는 한데, 답장하기가 꺼려진다. 그래도 제자 연락인데 어쩌랴. 별일 아니겠지 생각하며 번호를 누른다.

아이가 웃으며 식상하게 다정한 안부를 건넨다. 졸업 이후 내 생각을 가끔 했고, 지난 학창 시절이 그립다며 웃는다. 나도 그 시절이 좋은 추억이었다며 웃으며 답한다. 근데 왠지 모르게 대화가 겉돌며 미끄러진다. 어색한 쉼과 침묵이 반복된다. 진짜 하고 싶은 이야기는 이 이야기가 아닌 게 분명하다. 무슨 일로 연락했냐는 말에 드디어 연락한 진짜 이유를 털어놓기 시작한다.

내 기억에 심각한 폭력은 아니었다. 그런데 장난이 좀 과하긴 했다. 같은 반 장애 학생을 놀리는 일이 잦았다. 약

간의 인지 장애가 있던 아이의 행동과 말에 사사건건 참견
했다. 장애 학생의 실수를 부풀리며 지적하거나, 장애 학
생이 가는 길을 가로막은 채 당황하는 아이를 비웃곤 했
다. (조심스럽게 판단하건대) 심각한 폭력은 아니었지만
분명한 괴롭힘이었다. 그런 모습을 볼 때마다 이 아이를
불러 지도했지만 그때뿐이었다. 장애 학생도 어떤 경우엔
그 아이와 잘 어울려 놀았다. 분명 괴롭힘인데 괴롭힘이
아닌 애매한 일들의 연속. 당시 학생부장과 상의하고 절차
대로 징계할까도 싶었지만, 그러지 않았다. 괜히 일을 크
게 만들고 싶지 않았다. 아무 일 없이 지나가기만을 바랐
다. 그렇게 무사와 다행에 안도하며, 추억 속에 그 일을 묻
어두었다.

　그 아이의 울음이 시작된 건 그때부터다. 울먹임 때문에
발음이 뭉개지기 시작한다. 2학년에 올라간 뒤 심한 왕따
와 괴롭힘을 당했단다. 순식간에 학교 폭력의 피해자가 됐
고, 괴롭힘의 충격으로 졸업 이후 정신과까지 다녔다는 게
아닌가. 울먹임의 끝은 후회였다. 지금에서야 자신이 장

애 학생을 괴롭힌 행동이 얼마나 잘못됐는지 알았다며 반성하기 시작한다. 10년이 지난 뒤의 사과라니, 그것도 당사자가 아닌 그 당시 담임인 나에게 하는 사과라니. 희미한 추억의 구석에 웅크린 어둠을 끌어올리는 일이 썩 유쾌하지만은 않다. 그 반성에서 나 또한 자유롭지 못해서였을까. 그래도 누군가의 슬픔 앞에 이런 마음을 꺼내 놓기는 민망하다. 어색한 위로를 건네 본다.

마치 교실 한가운데 서 있는 듯하다. 이렇게 진심으로 후회하고 있으니, 죄책감 속에 살지 않아도 된다고 말해 본다. 네 마음 편해지자고 괴롭혔던 아이 앞에 10년 만에 불쑥 나타나는 것도 조심스러우니 조금 더 생각해 보라고 조언한다. 그래도 영 마음에 내키지 않으면 내가 대신 사과를 전해주겠다고도 제안한다. 그 아이의 침묵이 이어진다. 희미한 목소리로 그저 미안한 마음을 누군가에게 말하고 싶었을 뿐이라고 답한다. 그렇게 통화는 끝났다, 돌아갈 수만 있다면 내 말을 들었을 거라는 말을 마지막으로.

마음이 복잡하다. 가해자와 피해자의 자리에 동시에 선 아이의 지난 과거가 쉽사리 그려지질 않는다. 폭력의 현장에서 한 발짝 비켜나기만을 바랐던 내 마음을 되새기는 일도 괴롭다. 마치 사과 두 쪽처럼 선악으로 쪼개지지 않는 게 세상일이라 생각하니 머릿속이 더 복잡해진다. 결국 어지럽게 흩어진 마음을 애써 구겨버린다. 지난 일은 지난 일일 뿐이라며, 더는 생각하지 말자며 추억 속 모퉁이에 버려 버린다.

모든 폭력을 막을 수 있다고 믿던 시절도 있었다. 주기적인 교육과 훈화로, 따뜻한 글과 말로 갈등과 다툼을 해결할 수 있으리라 생각했다. 봉합하고 기우면 찢어진 관계도 아물 수 있다고 생각했다. 적어도 내 교실에서만큼은 폭력을 없애고 싶었다. 그런데 날이 가면 갈수록 어려워진다. 폭력을 둘러싼 많은 것들이 엉키고 뒤섞여 어디서부터 무엇을 해결해야 하는지 알아차리기조차 쉽지 않다.

몇 개월이 지나 다른 카페에 앉아 이런저런 일을 한다. 주말이라 가족들이 가득하다. 옆 테이블엔 9~10살 자녀와 부모가 앉아 시끄럽게 대화를 나눈다. 아이의 학교생활을 듣던 부모가 흥분하며 큰 목소리로 외친다. "친구가 너괴롭히고 때리면 아빠가 어떻게 하라고 했어? 절대 가만히 있지 말고 너도 확 때려 버려. 알았지?" 폭력에 폭력으로 대응하며 정의를 바로 세워야 한다는 아버지의 말이 귓가에 내리꽂힌다. '눈에는 눈, 이에는 이'라는 가르침이 단순하고도 선명하다. 그 말이 마치 오래된 함무라비 법전의 규율처럼 아득하다. 복잡하게 엉킨 실타래의 시작을 어렴풋이 짐작해 본다.

너희는 소수가 아니야,
다양성이야

아버지한테는 말하지 말아주세요

난 학생의 아버지를 만난 기억이 없다. 7년 동안 담임을 하며 여러 번의 보호자 상담, 수업 공개, 보호자 간담회 등을 했지만 매번 어머니와 마주했다. 학생의 조퇴, 결석과 같은 상황에서도 마찬가지다. 전화를 거는 건 비상 연락망 속 보호자 1이지만, 매번 연결되는 건 엄마들이다. 가끔 보호자 누구에게 연락하겠냐는 질문에 아이들은 열이면 열 엄마를 택한다. 전통적이고 보수적인 관점을 받아들여 남녀의 역할 분리가 당연시되는 사회니 이 상황이 당연하다고 생각해야 할까? 하지만 나와 통화하는 엄마 중 절반은 전업주부가 아니다. 전업주부든 아니든 여성은 자의로 혹은 타의로 자녀 교육의 역할을 떠맡는다. 왜 자녀 교육은 오롯이 여성의 책임이 되었을까?

한국의 교육열은 흔히 치맛바람으로 비유된다. 1960년대 대도시 중산층 엄마들은 자녀의 중학교 입시 성공을 위해 전략적으로 행동할 필요가 있었다. 이 같은 현상이 '치맛바람'으로 표현되기 시작했다.[1] 60년이 지났지만, 치맛바람은 여전히 언론에 보도된다. 특히 극성 교육열, 능력주의의 모순 등 한국 교육의 문제점을 지적하는 데 주로 사용된다. 이렇게 한국 교육의 문제점은 엄마의 문제점으로 은유 된다. 자녀 교육을 위해 아내와 자녀를 해외로 보낸 채, 한국에 홀로 살며 경제적 지원을 담당하는 기러기 아빠 또한 한국 교육의 실상으로 보도된다. 이렇게 치맛바람과 기러기 아빠는 가부장제의 모순과 한계를 교육의 문제로 은폐해 버린다.

엄마의 열망은 곧 아빠의 욕망이다. 엄마는 아빠의 욕망을 자녀에게 대리 투사한다. 준비물 챙기기, 교사 면담, 과

외 교사 구하기, 사교육 스케줄 관리, 생기부 관리, 입시 전략 짜기 등 구체적인 자녀 교육은 엄마들이 맡지만, 자녀 교육에 대한 실질적인 평가권자는 아빠다. 〈SKY캐슬〉 속 대학교수 아빠는 고등학생 아들에게 '피라미드의 꼭대기에 올라가야 한다.'라고 강조한다.[2] 그 욕망을 하나하나 실현해 나가는 존재는 엄마다. 그 과정에서 어떤 정보는 아빠에게 배제되고 숨겨지고 감춰진다. 엄마는 욕망을 대리 실현하면서 가족 내에서의 권력을 공고히 한다.

그 과정에서 자녀의 실수, 잘못은 엄마의 부족한 관리 탓이 된다. '애새끼를 어떻게 교육했길래 상황을 이 지경으로 만들어.'라는 말은 모든 가족 드라마에 한 번쯤은 나올 법한 아빠의 대사다. 학생의 문제로 학생 혹은 엄마들과 상담할 때 빈번하게 나오는 말 중 하나는 '아빠, 남편한테는 말하지 말아 주세요.'이다. 남편이 경제력을 쥔 흔히 말하는 전통적인 가부장의 역할을 하고 있을 때 이 상황은 더욱 심화된다. 아빠는 아내의 자녀 교육을 묵인하고, 지원하며, 평가하는 관리자가 된다.[3] 전통적인 가부장적 교육 시스템에서 어머니는 얼마간의 자율성을 손에 쥐지만 늘 감시당할 수밖에 없다.

　엄마는 가정 밖에서 '엄마다움'으로 끝없이 경쟁해야 한다. 자녀에 대한 헌신, 최신의 교육 정보, 쓸모있는 인간관계는 '엄마다움'의 핵심이다. 이 자질들은 다른 엄마와의 관계에서 자신을 드러내고 권력화하는 도구로 사용된다. 한국 사회에서 자녀의 경쟁은 엄마다움의 경쟁으로 치환된 지 오래다. 이렇듯 엄마들이 '엄마다움'을 잘 발현하면 가정 내에서 발언권이 커지며, 밖에서는 훌륭한 엄마라는 부러움을 사게 된다. 그러나 실패하는 경우는? 그 책임은 오롯이 본인의 몫이다. 남편은 정말 심각한 위기 상황에 구원 투수처럼만 등장한다. 엄마와의 통화에서 '아이 아빠와 의논해서 알려 드리겠습니다.'라는 말을 '상황이 심각하니 지금은 남편의 도움을 받아야겠습니다.'로 읽는 이유다.

　한국 사회에서 자녀의 성공은 곧 가족의 성공이다. 자녀의 삶과 부모의 삶이 일체화된 한국 사회에서 부모의 가치는 곧 자녀의 가치로 환산된다. 자녀의 학력, 직업, 소득,

성공적인 결혼은 부모의 자랑거리가 되곤 한다. 자녀의 성공에 기여한 부모의 노력은 주변인들에 의해 긍정적으로 평가받는다. 부모로서 해야 할 도리와 역할을 다한 것으로 인정받는다. 그러나 한평생 쏟은 열정과 노력이 내가 아닌 누군가의 것으로만 치환될 때 부모, 특히 엄마는 그 자리에서 비켜난다. '내가 널 어떻게 키웠는데 나한테 이럴 수 있니?'라는 드라마 속 대사가 진부하지만 진부하지 않은 이유다. 자녀의 성공을 위해 끝없이 유무형의 자원을 투입해야 하지만, 그 결과가 오히려 부모를, 엄마라는 존재를 소외시키는 현실.[4] 자녀를 위한 모성이 의무를 넘어선 '과시하는 권리'로 행사되면서 자녀의 성공은 엄마의 족쇄가 되고는 한다.

최근 유행한 드라마 〈닥터 차정숙〉에서 엄정화는 나이 46에 레지던트가 된다. 의대를 졸업한 뒤 20년 동안 전업주부 노릇을 했다. 힘든 수련의 생활 탓에 고3 수험생 딸을 제대로 챙기지 못한다. 딸은 의대에 입학한 오빠를 위해서는 헌신하더니 어떻게 자기한테 이럴 수 있냐며 엄마를 향해 소리 지른다.5) 주인공 차정숙은 딸 앞에서 미안하다며 고개를 숙인다. 레지던트를 포기할까 심각하게 고민한다. 드라마에서 엄마의 자아실현과 자녀의 입시 성공은 양자택일의 문제가 된다. 드라마는 자녀의 '너그러운' 이해 덕분에 갈등을 봉합하지만 현실이라면? 전자를 택하면 이기적인 엄마가, 후자를 택하면 헌신하는 엄마가 될 게 분명하다.

나는 나를 페미니스트라 생각하지만, 페미니즘을 잘 모른다. 솔직히 말하면 생물학적 남성으로 거부감을 느낄 때도 분명 있다. 그러나 한 가지는 분명하게 말할 수 있다. 교육이라는 짐은 부피가 크고 무거우니 나눠 들어야 한다는 것이다.

복수라는 환상, 〈더 글로리〉 속 학교 폭력

　드라마 〈더 글로리〉는 통쾌하다. 가해자는 한 명도 빠짐없이 감옥에 가거나, 불구가 되거나, 감옥에 갇힌다. 정의는 복수로 구현되고, 악인은 징벌로 처단된다. 피해자와 가해자가 뚜렷하고, 가해자는 절대 회개하지 않는다. 드라마는 반성을 모르는 또 다른 가해자를 벌하기 위한 피해자의 연대로 끝을 맺는다. 이토록 선명하고 촘촘한 복수라니. 〈더 글로리〉 속 학교폭력은 현실로도 번졌다. 때마침 유력 정치인 자제의 학교폭력, 〈더 글로리〉의 현실판 같은 일반인의 사연이 떠오르면서 〈더 글로리〉의 정의가 현실에서도 구현되는 듯했다.

〈더 글로리〉는 우리 사회의 한계를 명백하게 증명했다. 학교폭력 가해자를 제대로 처벌하지 못하는 시스템, 자본과 권력으로 은폐되는 부조리를 신랄하게 비판한다. 드라마를 보며 한동안 정의의 투사라도 된 듯 문동은을 응원했다. 그러나 드라마가 끝나고 난 뒤 학교 속 정의를 세우겠다는 마음은 곧 사그라들었다. 내가 속한 학교는 이미 '박연진'과 또 다른 '박연진'이 마주하는 세계가 되어버렸다. 서로를 가해자로 비난하며 처벌과 징계에서 벗어나기 위해 애쓴다. 반성은 사라지고 회피와 책임 전가만이 남았다. 누가 진짜 '박연진'인지조차 판단하기 어렵다. 여전히 지속될 학교폭력 앞에서 우리가 마주할 영광의 세계는 과연 어떤 모습일까?

현실에서 권선징악의 세계는 더는 유효하지 않다. 지난해 학교폭력 심의 건수는 2만 건이다. 모든 사건은 〈더 글로리〉를 닮았을까? 그렇지 않다. 언론에 보도되는 전형적인 사건을 제외하면, 학교 내 대부분 사건은 가해자와 피해자를 규정하기 힘들다. 상대방을 때리면 육체 폭력이지만, 피해자가 먼저 욕설을 했다면? 언어폭력이다. 사건에 연루되면 가해자와 피해자의 자리에 뒤섞여 서게 된다. 어떤 경우 양쪽 입장을 들어보면 두 입장 모두 고개가 끄덕거려질 때도 있다. 그러나 학폭위의 세계에서는 폭력에 폭력으로 대응하는 방식, 그 자체를 문제 삼지 않는다. 유일한 논의는 폭력과 폭력의 맞부딪침에서 누가 더 심한 처벌을 받아야 하는가뿐이다.

가해자는 억지로 피해자가 되려고 애쓰기도 한다. 제도가 촘촘해질수록, 처벌이 강화될수록, 가해자로 지목된 학생은 상대를 가해자로 둔갑시킨다. 최근 심의되는 학교폭력 건수의 50% 이상은 쌍방 가해 사건이다.[6] 어떻게 해서든 자신의 잘못을 덮으려는 시도는 불행하게도 자주 성공한다. 복잡한 절차와 규정으로 촘촘한 법망의 세계에, 교육적 판단이 비집고 들어설 자리는 없다.

문동은의 복수에는 많은 돈이 든다. 〈더 글로리〉의 복수가 치밀하고 계획적인 이유는 '돈'을 매개로 조력자의 도움을 받기 때문이다. 월급을 주고 '현남'을 고용하고, 대형

병원장의 아들인 '주여정'은 물심양면으로 주인공을 도와준다. 가해자인 박연진 일당이 본인들의 폭력을 감추고, 덮는 방식은 무엇이었을까? 바로 자본으로 만들어진 권력이다. 드라마는 학교폭력 문제 해결에 자본과 권력이 필연적으로 개입될 수밖에 없다는 점을 은연중 드러낸다. 작가 김은숙은 작품 간담회에서 "내 딸이 학교폭력을 당한다면 난 가해자들을 지옥으로 끌고 갈 돈이 있다."라고 말한다. 이 말은 드라마가 가정하는 계급 격차에 대한 신랄한 상징처럼 읽힌다. 문동은은 가난했다. 그러나 결국 자본과 가해자 집단이 경계심을 느낄 만큼의 지위를 가진 조력자의 힘을 그대로 빌린다. 복수는 복수의 대상인 가해자의 세계관을 그대로 복사, 붙여넣기 하는 방식으로 이루어질 뿐이다.

그래서 〈더 글로리〉를 보고 나면 강한 쾌감과 함께 허무함이 밀려든다. 정의로운 마음이 샘솟다가도, 선악이 명징한 자본의 세계 이후의 어떠한 전망도 떠오르지 않는다. 한낱 드라마에 무엇을 기대하냐 묻기엔 이 드라마가 세운 '정의와 엄벌의 세계'에 대한 열망이 너무나도 뜨겁다. 이 열망은 학교와 교육을 향해 날 선 질문을 토해낸다. 대체 지금까지 무엇을 했느냐고. 마치 학교가 학교폭력 가해자를 끝까지 추적해 그에 상응하는 벌을 줘야만 할 것만 같다. 알다시피 그건 불가능하다. 우리 사회가 내놓은 대답은 이 지점에서 단순해진다. 교육부가 꺼내든 '영광의 세계'는 결국 학교폭력에 대한 학교생활기록부 기재 강화뿐이다.

교육부의 논리는 단순하다. 한국 사회에서 좋은 대학에 들어가는 것은 중요하다. 대부분 학생과 학부모는 이렇게 생각한다. 따라서 입시에 성공해야만 한다. 현재 입시 제도의 60%는 수시이며, 학교생활기록부가 결정적인 역할을 한다. 최근에는 정시에서도 학교생활기록부를 보는 대학이 증가하고 있다. 학교생활기록부에 학생의 실수와 잘못을 기록한다면? 입시가 중요한 한국 사회에서 그런 위험을 감수하면서까지 학교폭력을 저지를 아이가 있을까? 우리 사회는 학교생활기록부 기재를 학교폭력을 막는 훌륭한 예방책이자 사후 대책이라 생각한다. 입시 만능주의가 학교폭력 해결을 위한 최선의 해결책이라는 가면을 쓰고 등장하는 순간이다. 그런데 어느 지점에서는 입시 만능주의를 한국 교육의 문제점으로 신랄하게 비판한다. 이렇듯 입시 만능주의는 늘 문제점과 해결책의 자리에 뒤섞여 선다.

'돈'과 '시간'이 많이 드는 근본적인 해결책은 논의의 장에서 비켜난다. 전문상담교사를 갖춘 학교는 절반조차 되지 않고[7], 유일한 학교폭력 피해자 교육기관이었던 해맑음센터는 폐쇄되었다.[8] 가해자에 대한 교육, 피해자에 대한 심리 치유, 방관자에 대한 예방 교육과 같은 교육적 논의가 없을 리 없다. 그러나 교육부의 발표와 언론의 헤드라인, 대중의 인식에 남는 것은 오로지 '학교생활기록부 기재 강화'뿐이다. 〈더 글로리〉 속 박연진 일당이 2023년에도 존재한다면 학교생활기록부가 무서워 학교폭력을 멈췄을까? 단언컨대 그렇지 않을 것이다.

복수를 마무리한 문동은은 행복할까? 복수의 끄트머리 끝에 '신은 결국 자신을 돕지 않는다'며 자살을 결심하는 모습을 보면 막상 그렇지도 않은 것 같다. 〈더 글로리〉 안에는 반성하지 않는 가해자, 행복하지 않은 피해자, 그 뒤로 가려진 수많은 방관자가 존재한다. 그런데 우리가 마주하는 건 눈에 보이는 가해자를 향한 함무라비식 복수뿐이다. 가해 행위에 대한 처벌은 반드시, 아주 강력하게 있어야만 한다. 그런데 그 외의 것들은 다 어디로 증발한 것일까. 밟고 지나가야 할 숱한 현실의 파편이 여전히 내 발밑에 가득 깔려 있다. 〈더 글로리〉 속 복수라는 환상이 찜찜한 이유다.

우리는 노동하는 고등학생입니다

　　고3 학기 말 프로그램 운영은 곤혹스럽다. 12년의 제도 권 교육을 마무리하는 시기니 지칠 법도 하다. 그래도 가 끔은 너무하다 싶다. 지각, 조퇴, 결석으로 출석부가 너덜 너덜해진다. 수능 이후 전체 학생이 교실에 앉아 있는 모 습을 보는 건 기적보다 드물다. 그런데 이런 시기에도 많은 아이가 참석할 때가 있다. 바로 노동 인권 교육을 하는 날 이다. 이날만큼은 아이들의 출석률이 올라간다. 수업 집중 도도 상상 초월이다. 강사가 근로 계약서 작성법, 주휴 수 당 계산법, 휴게시간 보장 권리 등을 설명할 때면 내가 알던 아이들이 맞나 싶을 정도다. 새로 마주하는 세계에 대한 호기심일까, 두려움일까. 죽어있던 아이들이 험난한 세상에 발을 디디기 전 긴장하듯 깨는 순간을 보는 건 무척이나 재밌는 일이다.

내 첫 노동은 대학교 1학년 편의점 아르바이트였다. 2005년 광안리 바닷가의 편의점에서 2년을 일했다. 주말 오후 5시부터 12시까지 근무하고 일급 2만 원을 받았다. 당시 최저시급이 2,840원이었으니, 운이 좋게도 최저임금보다 10원을 더 받았다. 당시 과외를 하며 받는 돈은 월 30만 원이었다. 편의점 아르바이트와 비교하면 고소득 노동이었다. 효율을 생각하면 과외를 하나 더 해야 했겠지만, 난 편의점 아르바이트가 좋았다. 손님 응대, 정리, 계산, 청소, 발주 등등 몸으로 배우는 기술을 하나하나 익히는 재미가 있었다.

첫 노동을 대학교 1학년에 시작하는 게 자연스러운 때였다. 당시만 해도 야간자율학습이 강제였으니 야간자율학습 대신 아르바이트를 하는 건 불가능했다. 그런데 교사가 되고 나서는 노동하는 고등학생들을 꽤 많이 봤다. 야자가 자율화되고 하교 시간이 빨라지면서 아이들의 방과 후는 내가 알지 못하는 세계였다. 대다수 아이가 학원에 갔지만, 몇몇 아이는 노동을 했다. 수업 시간에 졸거나 자는 아이들 옆에서 희미한 고기 냄새 혹은 땀에 찌든 냄새를 맡은 기억이 난다. 그 아이의 교복 속 티셔츠에는 지난날 저녁의 고생이 달라붙어 있었다. 난 그 아이들을 아무렇지 않게 흔들어 깨우곤 했다. 피곤과 짜증이 섞인 아이의 얼굴은 내게 게으름과 나태함으로 읽혔다. 그렇게 그 냄새에 무심했다. 무신경하게 스쳐 지나간 아이들은 자신들의 노동권을 잘 지켜내며 살았을까? 물어보지 않고 눈치만 줬으니 알 리가 없다. 무미건조한 숫자로 생생한 노동의 현장을 짐작할 뿐이다.

청소년 10명 중 2명은 아르바이트를 한다. 그중 절반이 부당한 권리 침해를 경험한다. 근로 계약서를 작성하지 않거나, 임금이나 주휴 수당을 제대로 받지 못하는 일이 많다. 휴게시간은커녕 갑작스럽게 초과근무를 하게 되거나,

초과근무를 했지만 초과 근무 수당을 받지 못할 때도 있다. 하루 7시간까지만 근무 가능한 규정이 지켜지지 않기도 한다. 청소년 노동자의 4대 보험 가입률은 10%에 그친다. 그러다 손님과 고용주에게 성희롱, 성폭력을 당하는 일도 드물지 않게 발생한다.

청소년은 권리를 침해당해도 침묵한다. 부산의 경우 부당대우를 당해도 참고 일하는 학생이 절반이었고, 끝내 일을 그만둔 학생은 21.8%였다. 고용주에게 항의하거나 노동청에 신고한 학생은 17%에 불과했다.[9] 다른 연구 결과도 비슷하다.[10] 이는 청소년 대다수가 자신의 노동권을 지키는 방법을 잘 알지 못하기 때문이다.[11] 노동 인권 교육을 받은 경험이 있는 청소년의 절반 이상이 노동 인권 교육이 유용했다고 응답한 설문 결과를 보면, 이 같은 현실이 더욱 안타깝게만 느껴진다.[12]

노동 인권 교육을 강화해야 할 것 같지만, 현실은 정반대로 흘러간다. 2022 개정 교육과정에서 노동 교육은 초안과 비교해 대거 삭제되었고,[13] 서울시교육청의 노동 인권 교육 예산은 서울시의회의 반대로 전액 삭감되었다.[14] 17

개 시도교육청 중에서 노동 교육 관련 단체와의 협약을 통해 체계적인 노동 인권 교육을 실현하는 교육청은 단 7곳에 불과하다.[15] 유럽 선진국에서 청소년기부터 상세한 노동 인권 교육을 하는 현실과는 무척이나 거리가 멀다.[16]

교육에서 노동을 지운 결과는 노동에 대한 회피로 이어진다. 아이들은 노동을 힘들고 벗어나야 할 것으로 인식한다. 우리나라 교육은 학생의 진로와 적성 탐색을 무척이나 강조한다. 어린 시절부터 꿈을, 구체적인 직업을 희망해야 한다고 말한다. 부모는 아이에게 '커서 뭐가 되고 싶어?'를, 교사는 '어느 과에 갈 거야?'를 습관적으로 묻는다. 학교생활기록부에는 늘 진로 희망을 기록한다. 진로 설계는 평생의 과업이라는 사회적 압박은 목소리를 높여 가는데, 노동자가 누려야 할 권리에 대해서는 침묵한다. 이 모순을 어떻게 해석해야 할까.

노동에 대한 회피는 노동하는 학생에 대한 부정적 인식으로도 이어진다. 나는 중학생 시절에 공부를 잘하면 인문계, 못하면 실업계에 간다고 생각했다. 당시 내가 다니던 고등학교 위에는 같은 사립 재단의 실업계 고등학교가 있었는데, 그 아이들은 늘 우리보다 일찍 하교했다. 그 아이들이 하교하는 모습을 보며 '저 공부도 못하는 쓰레기들'이라고 욕하던 친구의 모습이 기억난다. 인문계와 실업계의 세계는 하교 시간의 간극 만큼이나 아득하게 멀었다. 2010년대에 실업계 고등학교가 특성화 고등학교로 바뀌고, 마이스터고 정책이 도입되면서 이런 인식이 조금은 바뀌는 듯도 했다. 그런데 현장 실습 학생에 대한 노동 현장의 대우는 처참했다. 2014년 식품 공장에서 일하던 김동준, 2016년 구의역 스크린 도어를 수리하던 김 군, 2017년 콜센터에서 근무하던 홍 양, 2017년 생수 공장에서 일하던 이민호 군은 열악한 노동 환경 속에서 죽었다. 이들의 삶과 죽음은 책과 영화로 기록되었다. [17]

이 같은 인식은 노동자 계층에 대한 혐오로도 연결된다. 코로나 이후 배달 노동이 급격하게 증가하면서, 노동자의 권리를 보장받지 못하는 배달 노동자의 현실이 떠올랐다. 이 같은 현실을 고민해보고자 박정훈의 《배달의 민족은 배달하지 않는다》를 수업 시간에 활용한 적이 있다. 수업의 방향은 노동자의 최저 생계와 안전을 책임지지 않는 플랫폼 기업의 문제점과 개선 방안이었다. 하지만 그 책을 읽은 뒤 발표하는 몇몇 학생을 보고 씁쓸했던 기억이 난다. 그 아이들은 배달 노동자의 권리보다 내가 지불해야 하는 비싼 배달비가, 일부 배달 노동자의 잘못된 행동 등이 더 중요했던 것이다.

노동 혐오는 결국 자본 소득에 대한 열망으로 끝을 맺는다. 코로나 이후 급격한 자산 상승기에 청소년을 대상으로 하는 경제 교육, 금융 교육, 재테크 교육은 전성기를 맞았다. 한때 공중파 프로그램의 단골 소재가 되기도 했다. 경제 교육을 하는 선생님이 참 교사로 떠오르기도 했다. 그런데 난 한 번도 청소년 노동 인권을 가르치는 방송 프로그램을 본 기억이 없다. 어쩌다 보니 청소년 노동 인권은 필요한 사람만 알음알음 챙겨 배우고 익히는 내용이 되고 말았다. 바야흐로 각자도생의 시대다.

이제 그만 다닐 때가 됐다

많은 사람이 코로나 학번을 걱정한다. 잦은 원격수업으로 사회 적응력, 협업 능력이 부족하다고 생각하기 때문이다. 이 우려는 학교라는 공간이 공부만을 위한 공간이 아님을 의미한다. 학교는 타인과 부딪치고, 연결되면서 끈끈한 유대를 경험하는 장소로 여전히 살아남을 듯하다. 그런데 그 공간에서 벗어나고 싶은 아이들도 있다. 그 결심을 행동으로 옮기는 아이들만 매해 6만 명이다. 이 아이들은 학교 담장 너머에서 안정감을 느낀다.

비대면 수업이 한창이던 시기였다. 학생들의 얼굴을 격주로 마주했다. 그런데 대면 수업에 주기적으로 결석하는 아이가 있었다. 주 4회 수업에 꾸준하게 1, 2번은 결석했다. 창백한 얼굴이 차갑게 느껴지던 아이는 늘 과묵했다. 말을 건네도 돌아오는 답변엔 힘이 없었다. 수업 진행에 큰 문제가 있지는 않았다. 그래도 궁금했다. 담임 선생님과 그 아이에 관해 이런저런 이야기를 나누었다. 고1 때부터 학교 적응을 힘들어했고, 자퇴를 하고 싶어 하지만 부모가 적극적으로 만류한다고 했다. 익숙할 정도로 자주 들어온 상황이라 놀랍지 않았다.

한 학기 한 권 읽기 수업 시간에 책을 고르는 시간이었다. 책 목록에는 학교 밖 청소년을 위한 《나는 오늘 학교를 그만둡니다》라는 책이 있었다. 학교를 그만둔 청소년 20명의 이야기가 오롯이 담겨 있었다. 학교를 그만둔 계기, 학교 밖에서의 삶을 학교 밖 청소년의 목소리로 새긴 책이었다. 가볍고 얇아 읽기에 부담이 없었다. 그 아이가 고른 책은 역시나 이 책이었다. 수업은 6시간 동안 책을 읽고 독서 일지를 쓰는 방식으로 진행되었다. 기억으로 그 아이는

6시간 중에 3번을 출석했다. 그 아이가 쓴 독서일지엔 책 내용이 아닌 자신의 삶이 가득했다. 이 고민과 상처가 자신의 것만은 아니라는 위로가 담겨 있었다.

그 아이는 결국 학교를 그만두었다. 내가 권한 책은 그 아이에게 어떤 의미로 와닿았을까. 선택을 위한 용기였을까, 어서 갈 길을 가라는 재촉이었을까. 다만 너의 흔들림이 혼자만의 것이 아님을 알려 주고 싶기는 했다. '나만 특이하고 별난 게 아닐까.' 하는 두려움에서 멀어지는 법을 가르쳐 주고 싶었다. 그 무언의 조언이 아이의 삶에 어떤 언어로 새겨졌을지 궁금하다.

학교를 그만두는 아이들이 늘어난다. 이유는 제각각이다. 부적응, 학교 폭력, 건강상의 문제와 같은 심리적, 육체적 이유가 대다수다. 물론 내신 성적 따기에 실패해 일찌감치 정시로 대학을 준비하려 자퇴하는 아이들이 많다는 소식도 들려온다. 어떤 이유에서든 이 아이들은 학교 교육이 무용하다고 여긴다. 어떤 사람은 푸코와 일리치와 같은 학자를 들며 감옥 같은 학교, 탈학교를 이야기한다. 그런데 그러고 싶지 않다. 그저 힘겨운 아이들이 교문 밖을 나서고 있다는 현실이 눈에 밟힐 뿐이다. 나는 지금껏 교문 밖을 나서는 아이들의 뒷모습을 바라보기만 했다. 야트막한 담장 너머의 길을 어떻게 걸어가야 하는지 알려 주지 못했다.

학교 밖 청소년에 대한 지원은 많으면서도 빈약하다.[18] 2021년 기준으로 학교 밖 청소년은 15만 명 정도다. 전국의 시군구에 학교 밖 청소년을 지원하는 꿈드림 센터가 설치되어 있다. 학교를 그만둔 청소년이라면 언제든지 이용할 수 있는 기관이다. 그런데 학교 밖 청소년의 70%는 이 기관을 이용하지 않는다. 학교 안 학생은 평균 1,200만 원의 예산을 지원받지만, 학교 밖 청소년은 95만 원에 그친다. 2023년 초 서울시의회는 석연치 않은 이유를 들어 학교 밖 청소년에 대한 예산을 전액 삭감했다.[19] 3개월 뒤 해당 예산을 복원하기는 했지만, 그 과정에서 학교 밖 청소년을 향한 세밀한 감수성이 부족했다는 비판을 받았다. 비단 돈뿐일까. 학교 밖 청소년을 위한 청소년증은 국가가 보증하는 신분증이지만 사회적 차별은 여전하다. 학교에 다니지 않는다는 이유로 할인을 받지 못하거나, 비행 청소년이라는 오해를 사곤 한다. 각종 공모전의 응시 자격이 학생으로 제한되어 참가 자격조차 얻지 못하는 경우도 있다.

학교 밖 청소년의 삶은 안팎으로 흔들린다.[20] 가정에서 부모의 학대를 경험하는 학교 밖 청소년의 비율은 평균보다 높다. 부모 학대를 경험하는 학교 밖 청소년은 충동적인 경향성이 높고, 이 충동성은 범죄 발생으로도 연결된다. 학교 밖 청소년 대다수는 진로와 미래에 대한 두려움을 느낀다. 자신의 미래를 부정적으로 생각하는 비율이 높다. 힘겹게 학교를 나왔지만 학업을 중단했다는 사회적 낙인은 자아존중감에 심각한 악영향을 미친다. 건강한 대인 관계에서 비롯되는 사회적 안정감도 경험하기 힘들다. 결과적으로 학교 밖 청소년의 삶의 만족도는 현저하게 떨어진다.[21]

2021년 학교 밖 청소년 실태조사에서 학교 밖 청소년을 가장 힘들게 하는 항목 1위는 '선입견과 편견'이었다. 다행인 점은 2015년에는 해당 항목이 42.9%였지만, 2021년에는 26.1%로 줄어들었다는 것이다. 어려움이 없다는 답변 또한 25.8%에서 36.6%로 증가했다. 시대가 흐를수록 달라지는 시선에 안도감을 느낀다. 조금 더 다정하고 따뜻한 시선 속에서 학교 밖 청소년의 삶도 덜 흔들리게 될 테다.

솔직히 고백하자면 학교 밖을 향하는 아이들이 줄었으면 좋겠다. 모두가 학교라는 공간에서 행복했으면 좋겠다. 다투고, 화해하고, 지지하고, 응원하는 관계의 지옥과 천국에서 자신을 단련했으면 좋겠다. 그러나 이 마음이 욕심임을 안다. 누구나 내 마음 같지 않음을 안다. 너무 힘들어서 이곳을 나가야겠다는데 어쩌랴. 오랜 고민의 끝에 내린 선택을 믿을 수밖에. 다정한 걱정과 위로로 담장 너머의 삶을 응원해 본다.

불편한 〈고딩엄빠〉가 계속 방영되는 이유

내가 제일 좋아하는 미국 드라마는 〈Sex and the City〉
다. 하지만 드라마처럼 브런치 식당에서 소리 높여 섹스를
주제로 대화하지는 않는다. 어엿한 성인이지만 모텔에 들
어가는 게 쑥스러울 때도 있다. 누군가가 나를 몰래 감시
하는 느낌이랄까. 부도덕한 행동을 하는 것도 아닌데 이 나
이 되도록 성을 껄끄럽게 생각하는 건 대체 무엇 때문일까.

가끔 가는 모텔 거리엔 화려한 스산함이 감돈다. 어둠을
몰아내려는 알록달록한 불빛이 어색하게 빛난다. 그 사이
로 다정하게 팔짱을 낀 사람들이 걸어간다. 갓 성인이 된

듯한 20대 초반부터 나이가 지긋이 든 중년까지 모텔은 누구에게나 편히 쉴 수 있는 장소를 제공한다. 초단기 부동산 임대업은 나이와 성별을 차별하지 않는다. 그러나 예외도 있다. 바로 청소년이다.

청소년 보호법은 남녀 혼숙을 금지한다. 풍기를 문란하게 만드는 영업을 법적으로 처벌한다. 법의 의도가 참으로 선하다. 청소년을 '보호'하겠다는 것이니, 혼숙은 분명 '위험'한 행동일 테다. 그런데 법에서 우려하는 위험을 무릅쓰는 청소년들이 있다. 2018년 조사에 따르면 전체 청소년 중 성 경험이 있는 청소년은 5.7%였다.[22] 그렇다면 이들은 어디서 섹스를 하는 걸까? 2019년 조사에 따르면 절반이 자신의 혹은 상대방의 집에서 한다. 절반은 청소년에게 허락되지 않거나 비위생적인 장소였다. 심지어 공공화장실이나 비상구도 있었다.[23]

청소년 룸카페를 보도하는 기사 제목엔 늘 '청소년 일탈'이 포함된다.[24] 청소년 섹스는 분명한 일탈로 간주된다.

일탈의 사전적 뜻은 '본디의 목적에서 벗어나는 것'이다. 청소년이 지닌 본디의 목적은 묻지 않아도 뻔하다. 공부와 대학이다. 품행이 방정하고 성적이 우수해야 바람직한 학생이다. 이성 교제는 성인이 돼서 하고, 솟구치는 욕구는 운동으로 해소해야 한다. '지금'은 때가 아니니 하고 싶은 건 '나중'에 하라는 말을 들으며 살고 있을 테다.

다양한 삶을 허술하게 묶으면 견디지 못하고 튕겨 나간다. 어른들의 눈에 보이지 않는 밀폐된 공간에 숨지 말라는 강압 속에서 이 아이들은 어디로 향했을까. 안전하게 머무를 공간이 없는 아이들은 구석지고, 더럽고, 냄새나는 불결한 공간에 간다. 그곳에서 교감과 소통, 안정과 배려보단 긴장과 위험을 느낄 게 뻔하다. 누군가의 선택이 이런 취급을 받아야 할 이유는 없다. 하물며 그 선택이 충분히 고민한 끝에 다다른 결론이라면 더더욱 그렇다.

우리에게는 성적 자기 결정권이 있다. 청소년 또한 이 권리를 가진다. 많은 사람이 이 권리를 '마음대로 섹스할 권리'로 해석하며 청소년의 성에 거부감을 표한다. 임신과 성병이 급증하리라 걱정한다. 학교에서 청소년 임산부를 봐야 하는 것 아니냐며 우려를 표한다. 그러나 성적 자기 결정권은 '마음대로 섹스할 권리'가 아니다. 충분한 정보를 듣고, 합리적인 의사소통을 거쳐 선택할 권리를 뜻한다. 인간이라면 누구나 가지고 있는 권리일 뿐이다. 그러나 우리 사회는 이 청소년의 권리를 침묵 속에 고이 묻어두기를 원한다.

〈고딩엄빠〉 프로그램이 화제다. 어린 나이에 출산과 양육을 선택한 부모의 삶이 여과 없이 조명된다. 프로그램을 둘러싼 갈등도 거세다. 한쪽에서는 비난을 쏟아낸다. 잘못된 선택, 성급한 판단, 응당한 책임, 불행한 결혼 생활이 미성숙한 부모의 탓으로 치부된다. 한쪽에서는 응원하고 지지한다. 이미 존재하는 삶에 대한 가치판단은 불필요하다는 것이다.

누구에게는 불편한 〈고딩엄빠〉가 계속 방영되는 이유는 뭘까? 청소년 임신과 출산이 현실이기 때문이다. 통계청에 따르면 2020년에 출산한 10대는 918명이다. 적지 않은 숫자다. 918명의 삶은 영화와 드라마를 통해 간접적으로만 소비됐다. 대놓고 드러내지 못했다. 쉬쉬거리며 소문으로 들었을 뿐이다. 자랑하듯 꺼내놓을 수 있는 삶이 아니었다. 오히려 프로그램 출연자들이 당당하다. 10대 출산을 부정적으로 보는 사회적 시선을 바꾸고 싶었다거나, 아이에게 자랑스러운 부모가 되고 싶다는 출연 계기를 밝힌다.[25] 이들은 자신의 선택으로 삶을 빚어나가는 평범한 청소년일 뿐이다.

물론 해당 프로그램에 문제가 없는 것은 아니다. 미성년자인 여성과 성년인 남성의 관계에서 비롯된 데이트 폭력과 가스라이팅의 문제를 섬세하게 짚어내지 않는다. 이는 성적 착취에 가깝다. 청소년의 성적 자기 결정권을 부정적으로 보는 기사에서 이 같은 범죄 행위가 근거로 제시되는 건 경계할 일이다. 성적 자기 결정권은 누려야 할 권리이지, 청소년에 대한 성인의 학대를 정당화하는 수단은 아니기 때문이다.

이 차이를 구분하기 위해서라도 청소년은 섹스를 공부

해야 한다. 섹스에 대한 막연한 호기심과 두려움을 현실로 소환해야만 한다. 이를 위해 충분한 정보가 필요하다. 상호 합의, 배려, 피임, 임신, 성병, 육아와 같은 것들이 공교육 내에서 다뤄져야만 한다. 섹스를 하라는 게 아니라 선택할 수 있음을, 선택 과정에 고려해야 할 많은 것들이 있음을 알려주는 것이다. 급진적인 견해가 아니다. OECD는 일찌감치 청소년의 건강한 선택을 위해 정보에 근거한 의사결정, 효과적인 의사소통과 협상 능력을 강조한 바 있다. 금지와 규제로 너희에게 주어진 현실이 아니라는 접근보다 지금, 이곳에서 일어날 수 있는 일임을 가르치는 게 더 유용하다. 누구나 그렇듯 당면한 현실 앞에서 아이들 또한 진지해지고 신중해진다. 섹스를 중요하고 무거운 선택으로 인식하게 된다.

하지만 반응은 처참하다. 이 같은 주장이 성 혁명, 조기 성애화를 일으킨다는 시민단체의 반대가 거세다.[26] 서울시의회는 2023년에 발의한 조례안에서 '청소년 성교육은 절제에 초점을 두어야 한다.', '혼전순결을 지켜야 한다.'라고 언급하기도 했다.[27] 한쪽에서 강조하는 절제와 자기 조절 능력은 함께 가르쳐야 할 덕목이지, 유일한 덕목이 될 수 없다. 이처럼 우리 세상은 청소년을 '무욕'과 '무성'의 존재로 취급한다.

배우지 않으면 준비할 수 없다. 아무도 성을 가르치지 않으면, 대체 어디에서 배워야 한단 말인가? 이것마저 유튜브로, 지식인으로, 구글링으로 각자도생하며 배워야 할까? 학교 교육의 무용론을 펼치는 많은 사람이 학교가 현실에서 바로 써먹을 수 있는 것들을 가르치지 않는다고 비판하곤 한다. 그래서 바로 써먹을 수 있는 것을 가르치겠다는데 이런저런 이유로 거부하고 비난을 퍼붓는다. 대체 어쩌자는 건지 알 수가 없다.

휠체어 장애인 없는 저상버스

나는 뚜벅이다. 운전면허도 없다. 그래서 대중교통을 애용한다. 시내버스, 지하철, 마을버스까지 안 탄 게 없다. 부산이라는 대도시에서 20년 넘게 대중교통을 이용했으니 나름 대중교통 전문가라 할 만하다. 부산 대중교통은 만만치가 않다. 지형이 험해 버스가 마치 롤러코스터 같을 때도 있다. 마을버스는 좀 더 심하다. 어느 도시나 그렇듯 출퇴근 시간만 되면 지하철도 발 디딜 틈 없이 북적인다.

그런데 신기하게도 대중교통을 이용하는 장애인의 모

습이 잘 떠오르지 않는다. 분명 마주친 경험이 있을 텐데도 기억에 남지 않은 걸 보면 그 빈도가 낮았던 게 분명하다. 통계청에 따르면 전체 인구의 5%는 장애인이고, 이 중 절반은 지체 장애인이다. 부산의 경우 장애인 인구 비율이 6.6%라 다른 도시보다도 높다. 20년 넘게 대중교통을 탔으니, 통계학적으로 분명 여러 번 마주쳤어야만 한다. 내 기억 속에 오롯이 남아야만 한다. 그런데 도통 떠오르질 않는다.

장애인 이동권 투쟁의 역사를 생각하면 이상한 일이다. 2001년 오이도역 리프트 추락 사건으로 휠체어 장애인이 사망한 뒤 장애인 이동권 시위가 거세게 일었다. 그 시절을 기록한 영화가 최근 유튜브에 무료로 공개된 〈버스를 타자〉이다. 22년이 지났으니 현실이 많이 바뀌었을까? 다행스럽게도 대부분 지하철 역사엔 위험한 리프트를 대신할 엘리베이터가 설치되었다. 그런데 휠체어 장애인들은 지하철 이용을 꺼릴 때가 많다. 다른 사람에게 민폐를 끼친다 생각하기 때문이다.

저상버스는 여전히 느림보 걸음이다. 부산의 저상버스 보급 비율은 30%다. 심지어 울산은 10%대다. 저상 마을버스는 없고, 휠체어를 태울 수 있는 고속버스는 0.57%에 불과하다. 장애인이 마음 편하게 탈 수 있는 택시는 어떨까? 서울의 경우 장애인 콜택시를 기다리는 평균 시간은 40분이다. 평균임을 고려하면 이보다 훨씬 더 오래 기다리는 장애인들이 많다. 기다리다 취소하는 비율은 통계에 잡히지조차 않는다. 지방은 말할 것도 없다.

장애인 이동권 관련 수업을 하며 아이들에게 질문한 적이 있다. 대중교통을 이용하면서 휠체어 장애인을 본 적이 있냐는 물음에 그 누구 하나 손을 들지 않았다. 2년 동안 가르친 학생만 400명이다. 본 적이 없으니 함께 부대끼며 살아가는 경험도 드물다. 통합교육을 하면서도 장애와 비장애가 선명하게 분리되는 장면을 수없이 목격하곤 했다.

우선 학교라는 공간 자체가 장애에 비친화적이다. 수직과 직선으로 구획된 공간에 모서리는 날카롭고 경사는 가파르다. 내가 근무하는 학교의 특수 학급은 1층의 구석진 자리에 있다. 소통과 교류보다는 안전한 소외를 위한 배려다. 통합교육 강화는 전 세계적 추세지만 통합교육을 바라보는 시선은 싸늘하다. 각종 충돌과 갈등을 염려하는 탓이다. 특수 학급뿐일까. 2022년 기준 특수교육대상자는 9만 명이지만, 특수학교가 수용할 수 있는 인원은 2만 7천 명에 불과하다. 중증의 장애를 지녀 고도화된 교육적 지원이 필요하면 특수학교에 다닐 수 있어야 한다. 부족하니 학교를 새로 짓겠다고 하면 집값이 떨어진다고 난리다. 특수학교는 혐오시설이라 멀리 떨어진 곳에 지어야 한다는 논리다. 이 논리에 밀려 발달 장애인을 위한 '서진학교'가 들어서기까지 7년이라는 시간이 걸렸다. 발달 장애인 부모가 무릎을 꿇었지만, 그 부모의 아이들은 결국 서진학교에 가지 못했다. 그 역사를 기록한 영화가 〈학교 가는 길〉이다.

학교에서 장애는 가리고 숨기는 게 자연스럽다. 수능 관련 업무를 2년 동안 하며 이것저것 신경 쓸 일이 많았다. 그중 하나는 장애 유형에 따라 다양한 편의를 제공하는 것이다. 이 과정에서 수능 업무를 담당하는 장학사의 말이 인상 깊었다. 보청기나 확대 독서기 등의 편의를 요청하는 학생과 부모 대다수가 장애가 노출되는 것에 상당히 민감하니 조심하라는 것이다. 작고 눈에 띄지 않는 보청기가 최첨단 과학 기술로 홍보되지만, 그 보청기에 낙인된 사회적 시선은 마치 옛날처럼 느껴진다.

많은 사람에게 장애는 소거와 제거의 대상이다. 대학교 1학년 때 황우석 박사는 국민의 영웅이었다. 나는 아직도 황우석 박사가 휠체어를 탄 척수 장애 아동에게 "곧 걷게 해주겠다."라고 말하던 장면을 잊지 못한다. 많은 사람이 눈물을 흘리며 그 모습이 아름답다고 찬양했다. 나 또한 그랬다. 그의 조작이 밝혀지기 시작하면서 그를 맹렬하게 비난했지만, 체세포 배아 복제 기술이 담고 있는 비장애 중심주의를 읽어내지는 못했다. 장애는 언젠가 소거되어야 한다는 담론 위에서 나 또한 당연하게 서 있었다.

당연히 학교에서 이루어지는 장애 담론은 비장애 중심적일 수밖에 없다. 학생들은 과학 기술의 진보와 발전을 찬양한다. 과학 기술이 빚어낸 장밋빛 미래엔 장애가 없다. 유전자 편집과 배아 줄기세포 기술로 선천적 장애는 예방되고 후천적 장애는 극복된다. 장애가 없는 미래를 꿈꾸는

포부 가득한 생명공학 전공자는 생기부에 단골로 등장한다. 장애라는 결핍을 해소함으로써 누군가의 삶에 정상성을 선물하겠다는 논의는 다정하다. 소수가 아닌 다수의 자리에, 특이한 삶이 아닌 평범한 삶에 누군가를 대등하게 올려놓겠다는 마음도 따뜻하다. 그런데 장애가 소거와 제거의 대상이 될 때 장애라는 정체성은 그 자체로 받아들여지지 않는다. 위태롭게 흔들리고 만다.

환상 같은 먼 미래보다 있는 그대로의 가까운 현실에 다가갈 순 없을까. 현란한 과학 기술 대신 현존하는 기술로 세상을 바꿀 순 없을까. 휠체어 장애인이 지하철을 비집고 타는 모습을, 롤러코스터 같은 버스가 천천히 운행하는 장면을 보고 싶다. 학교에서 장애와 비장애가 부대끼고 부딪치면서 서로를 받아들이는 풍경을 보고 싶다. 교실에서 장애를 농담으로 소비하며 함께 웃어보고도 싶다. 무겁게 엄숙하지 않아도 될 날이 우리가 다다를 장밋빛 미래라 믿는다.

당신의
그늘을 읽어드립니다

첫 수업에 번지점프하기

번지점프는 떨린다. 내가 의지할 것은 한 가닥 줄이 다
다. 아래를 내려다보면 아찔하다. 하나, 둘, 셋 구령이 끝나
면 허공을 향해 온몸을 내던진다. 육중한 몸이 지상을 향해
쏟아질 듯 추락한다. 금방이라도 땅이나 물에 부딪힐 것만
같다. 무서움에 눈을 질끈 감고 소리를 지른다. 그런데 갑
자기 내 몸이 다시 솟구쳐 오른다. 몇 번이나 몸이 튕겨 오
른다. 안도의 한숨과 미소가 번갈아 드러난다. 그렇게 다
시 한번 땅에 발을 내디딘다.

첫 수업은 번지점프 같다. 처음 보는 아이들에게 나와 내 수업을 소개하는 일이니 떨릴 수밖에 없다. 내가 의지할 것이라곤 열심히 준비한 수업이 다다. 아이들 눈빛을 보면 가끔 긴장된다. 수업이 실패하면 어쩌지, 안 듣고 자버리면 어쩌나 하는 불안감이 가득하다. 그렇다고 도망갈 순 없다. 목청 높여 아이들의 시선을 잡아끈다. 그렇게 한 시간이 지나고 나면 안도의 한숨이 절로 나온다. 다시 한번 다음 수업을 준비하기 시작한다.

첫 수업을 이렇게 느끼게 된 건 오래전에 본 영화 탓이다. 2001년만 해도 비디오 대여점이 무척이나 많았다. 500원, 1,000원을 주고 일정 기간 비디오를 대여해 주는 가게다. 극장에서 상영을 마친 지 얼마 안 될수록 대여료는 비싸고 기간은 짧다. 누군가가 빌린 비디오테이프는 케이스를 뒤집어 놓는 것이 관례다. 인기가 많은 영화는 늘 제목이 뒤집혀 있다. 반대로 인기 없는 영화는 늘 바른 자세로 묵직하게 누군가를 기다리고 있다.

당시 영화 〈번지점프를 하다〉가 비디오로 출시되었

다. 이은주, 이병헌이라는 유명 배우가 출연했지만 흥행에
는 실패했다. 당시 씨네 21를 즐겨 읽던 나는 작품성을 인
정받은 그 영화를 기억하고 있었다. 주말 저녁 비디오 대여
점에 〈번지점프를 하다〉가 가지런하게 꽂혀 있었다. 신
간이지만 인기가 없는 탓이다. 그래도 신간이라 대여 기간
은 1박 2일밖에 되지 않았다. 주말 저녁 내내 방에서 이불
을 뒤집어쓰고 이 영화를 몇 번이나 되돌려 봤다. 특히나
내 마음을 사로잡은 장면이 있었다. 지금도 많은 사람에게
손꼽히는 명장면이다.

 *(고등학교 국어 교사로 처음 부임한 이병헌이 교실
문을 열고 들어온다. 분필로 칠판 끝에서 끝까지 긴 선
을 긋는다. 지긋이 학생들을 바라본다.)*

이병헌 : *이게 뭐냐?*
학생 1 : *낙서요. (일동 웃음)*
이병헌 : *지구다. 이 지구상 어느 한 곳에, 요만한 바
늘 하나를 꽂고, 저 하늘에 밀씨를 또 딱 하나 떨어뜨*

리는 거야. 그 밀씨가 나풀나풀 떨어져서 그 바늘 위에 꽂힐 확률. 바로 그 계산도 안 되는, 기가 막힌 확률로 니들이 지금 이곳, 지구상의 그 많고 많은 나라 중에서도 대한민국, 그중에서도 서울, 서울 안에서도 세현고등학교, 그중에서도 2학년, 그거로도 모자라서 5반에서 만난 거다.

지금 니들 앞에, 옆에 있는 친구들도 다 그렇게 엄청난 확률로 만난 거고 또 나하고도 그렇게 만난 거다. 그걸 인연이라고 부르는 거다. 인연이란 게, 좀 징글징글하지?

영화는 지구와 바늘, 밀씨라는 지극히 평범한 단어로 단숨에 인연을 그려낸다. 인연은 필연적인 우연과도 같다는 말을 멋들어진 표현으로 담담하게 치환하는 장면이다. 그때부터 나는 이병헌 같은 교사를 꿈꿨다. 낯선 존재와 교류하는 순간의 떨림을 기다렸다. 내가 만약 교사가 된다면 이 기적과도 같은 인연을 어떤 마음으로 대해야 할까. 교사가 되기 전까지 영화 속 수업을 내 첫 수업으로 펼쳐내는 장면을 수도 없이 떠올렸다. 상상은 어느덧 현실이 되었다. 교사가 된 이후 내 첫 수업은 늘 영화 속 장면으로 시작된다.

오늘은 〈화법과 작문〉의 첫 수업 시간. 교실에 들어가 출석부를 집어 들고 학생들의 이름을 하나하나 부른다. 눈을 마주치며 마스크에 가려진 얼굴을 상상한다. 이름과 눈빛만으로 존재를 담아보지만 쉽지 않다. 얇은 마스크 한 겹이 우리의 두터운 만남을 가로막고 있다는 생각에 다시 한 번 서글퍼진다. 곧이어 내 소개를 한다. 이름, 나이, 거쳐 온 학교, 내가 좋아하는 것과 싫어하는 것으로 나라는 존재를 설명한다.

이어 여백 하나 없이 빽빽하게 채운 학습지를 나눠준다. 학습지에는 고심해서 고른 3편의 글이 담겨 있다. 이기주의 《언어의 온도》, 홍승은의 《당신이 글을 쓰면 좋겠습니다》, 김하나의 《말하기를 말하기》에서 내가 좋아하는 글을 가려 뽑아 옮겨 놓았다. 《언어의 온도》는 너무 차갑거나 뜨거웠던 우리의 언어 온도를 돌아보자고 이야기한다. 《당신이 글을 쓰면 좋겠습니다》는 몇 가지 단어로 납작하게 눌린 채로 살아가는 우리의 존재를 입체적으로 부풀려 보자고 이야기한다. 《말하기를 말하기》는 내 언어와 목소리에 자신감을 갖자고 이야기한다.

　3편의 글을 읽으며 마음에 드는 문장에 밑줄을 긋게 한다. 그리고 이유를 작성하게 한다. 이어 자신이 생각하는 '잘 말하고 잘 써야 하는 이유'를 기록하게 한다. 학생들의 답은 다양하다. '무시당하지 않으려고', '자신의 능력을 인정받으려고' 잘 말하고 써야 한다는 대답들이 눈에 띈다. 어느 정도 작성이 끝나면 자신의 의견을 온라인 게시판에 올리라고 이야기한다. 그동안 나는 학생들의 의견을 빠르게 훑는다. 모든 학생의 의견을 하나씩 읽어주고 싶지만 시간이 부족하다. 어쩔 수 없이 눈에 띄는 의견 하나를 선택한다. '오해 없이 소통하기 위해서'라는 문장이 와닿는다. 만남과 진실한 소통이야말로 서로의 진심을 꺼낼 수 있는 유일한 방법임을 차분하게 설명한다.

　이렇게 수업을 진행하면 끝에 딱 5분이 남는다. 마지막으로 영화 〈번지점프를 하다〉 속 장면을 소개한다. 그리고 덧붙인다. 중학교 때부터 간직해 온 교사라는 꿈과 이 영화를 보며 상상했던 교실 속 풍경을. 그리고 우리가 맺은 기적과도 같은 인연을. 기억하건대 이 시간만큼 아이들의 시선이 집중되는 순간은 없다.

수업은 늘 아이들의 우렁찬 인사로 시작되고 끝난다. 내가 "하나, 둘, 셋" 하면 아이들은 "반갑습니다", "수고하셨습니다."로 답한다. 번지점프를 하는 마음으로 서로에게 뛰어드는 순간들이다. 어느덧 시작은 끝이 되고, 끝은 또 다른 시작이 된다. 난 언제나 마지막을 두려워하며 무한한 되풀이를 꿈꾼다. 하지만 우리의 인연도 언젠가는 종착지에 다다를 것임을 안다. 만남과 헤어짐, 그사이에 놓인 걱정과 두려움만큼 간절한 마음으로 지금의 너희를 대한다. 기가 막힌 확률로 맺은 이 인연을 소중하게 쓰다듬겠다고 다짐해 본다.

모르는 사람의 그늘을 읽기

　서울을 갈 때마다 빠뜨리지 않고 가는 곳이 있다. 바로 광화문 교보문고다. 이유는 단순하다. 계절마다 바뀌는 글 판을 보기 위해서다. 광화문 교보문고는 1991년부터 글판을 내걸었다. 오래된 시간만큼 사람들에게 사랑받은 문구가 많다. 나태주 시인의 그 유명한 〈풀꽃〉의 시구 '자세히 보아야 예쁘다. 오래 보아야 사랑스럽다. 너도 그렇다.'는 대중에게 가장 사랑받은 글판으로 뽑히기도 했다.

　시청역에서 나와 교보문고를 향해 걸어간다. 하늘색 바

탕에 흰색 글씨로 새로 바뀐 문구가 얼핏 보인다. 무성하게 자란 나무에 가려 전체 글귀가 보이지 않는다. 걸음을 옮기니 한 글자 한 글자씩 살며시 얼굴을 내민다. 드디어 글판이 시원하게 모습을 드러낸다. 2021년 여름의 글판은 김경인 시인의 〈여름의 할 일〉의 시구이다.

시구를 잠시 바라본다. 그러다 내리쬐는 햇빛을 피해 시원한 그늘에 앉는다. 삐질삐질 흘린 땀을 닦으며 생각한다. '올여름엔 모르는 사람의 그늘을 읽어야 한다.'니. 여름의 그늘은 이렇게나 시원한데 그늘을 읽는다는 건 무슨 말일까? 급하게 휴대폰을 꺼내 시를 검색한다. 시에서 그늘은 '천사가 거두어들인 빛'으로 생긴 공간이었다. 누군가의 슬픔과 고통이 자리 잡은 곳이었다. 시인은 '올여름에 분노를 두꺼운 옷처럼 껴입어야 한다.'라고 말한다. 뜨거운 여름에 분노를 두꺼운 옷처럼 껴입어야 할 만큼 우리 주변에는 해소되지 못한 누군가의 고통이 쌓이고 쌓였을 테다. 그늘은 더위를 피할 시원한 장소가 아니라 어둡고 축축한 누군가의 슬픔일 테다.

우연히 발견한 이 시구가 내 수업의 이유를 설명한다.

우리는 살아가면서 아는 사람의 밝음과 그늘을 마주한다. 익숙한 존재들의 삶에서 자신의 기쁨과 슬픔을 발견한다. 비슷비슷한 기쁨과 슬픔 속에서 우리는 안도하며 위로받는다. 그래서 우리가 겪는 삶의 지평은 늘 좁고 평평하다. 나와 다른 존재의 삶을 잘 상상하지 못한다. 교실 속 학생들은 더더욱 그렇다. 학업과 입시라는 세계 안에서 자신과 다른 존재를 마주할 기회가 적다.

학생들이 다른 세계를 마음껏 상상하도록 만들고 싶었다. 들리지 않는 파열음과 보이지 않는 균열을 발견하는 세심한 마음을 길러 주고 싶었다. 굴곡진 삶의 언저리에 고통과 슬픔이 그늘처럼 자리 잡고 있음을 말해주고 싶었다. 당위와 설득으로는 부족했다. 그래서 진솔한 삶의 기록을 오랜 시간 동안 읽고 말하는 수업을 생각했다. 수업을 준비하면서 그동안 학교에서 만난 다양한 얼굴의 아이들을 떠올렸다.

고통의 곁에 자리하려면 애정이 필요하다. 꽤 긴 시간 동안 어둡게 그늘진 존재의 삶을 기록한 책을 찾고 또 찾아

정리했다. 삶으로 빚어진 글을 읽고, 학생들의 글과 말로 그 삶을 학생들의 곁에 두고 싶었다. 그래야 누군가의 그늘에서 사라진 '천사의 빛'을 다시 돌려줄 수 있다고 믿었다.

그렇게 가려 뽑은 삶을 '다양성'으로 이름 붙였다. 비혼, 장애인, 미등록 이주 아동, 학교 폭력 피해자, 동성애자, 가난, 플랫폼 노동자, 특성화 고등학교 학생의 삶을 한 군데로 묶었다. 어떤 사람들은 이들을 가리켜 '사회적 소수자'라 칭한다. 일견 맞는 말이지만 난 그러고 싶지 않았다. 그저 다양한 형태와 모양을 지닌 평범한 삶이라고 설명하고 싶었다. 소수가 아닌 다양성으로 인식될 때라야 배려와 동정이 대상이 아니라 삶 자체로 받아들여질 수 있다고 믿었기 때문이다.

어떤 사람에게 이런 삶은 비정상으로 간주된다. 정상의 범주에서 살짝 비켜난 삶으로 취급된다. 그야말로 변두리와 가장자리의 삶이다. 고통은 바로 이곳에서 곰팡이처럼 자라난다. 어둡고 습한 곳에서 지워지지 않는 멍 자국으로 자신을 드러낸다. 사람들은 보기 싫고, 냄새난다며 그 흔적을 감추기 급급하다. 깨끗한 삶의 표면에 얼룩이라도 번

질까 싶어 외면하기 일쑤다. 하지만 나에겐 그동안 보지 못했던 슬픔을 향해 고개를 돌릴 책임과 의무가 있었다.

《당신이 글을 쓰면 좋겠습니다》의 저자 홍승은은 수많은 북토크에서 '왜 글을 쓰나요?'라는 질문을 받는다고 한다. 홍승은은 글에 적용되는 가치판단의 기준을 명료하게 설명한다. 그 기준은 '존재를 입체적으로 증명하느냐, 존재를 납작하게 만드느냐'다. 지금껏 나는 교과서라는 공인된 자료로 '고정관념을 재생산하고, 고유한 개인의 가치를 하나의 덩어리로 뭉개는 글'만을 가르쳐 왔다. 흔히 말하는 별스럽고 특이한 삶에 애정을 갖지 못했다. 고요와 침묵이 가득한 평화가 누군가의 상처를 억지로 봉합한 세계임을 알지 못했다.

고정관념과 편견은 차별과 혐오를 양분 삼아 무럭무럭 자라난다. 육중한 크기와 무게를 자랑하며 단단하고 높은 벽으로 솟구쳐 오른다. 지난 몇 년 동안 이 벽에 균열을 내기 위해 노력했다. 정상과 비정상, 다수와 소수를 구획하는 기준을 해체하고 재조립하려 했다. 그 벽을 무너뜨려야

만 우리가 살아갈 공간도 넓어질 테다. 그 자리에 든 따뜻
함이 마음속 얼룩진 멍을 부드럽게 어루만져 줄 수 있을지
도 모른다.

사랑은 능력이란다

학생들은 책을 읽고 대화를 나누는 일에 낯설다. 책 자체가 익숙하지 않은 탓이다. 아이들이 책을 읽게 하려면 책 자체를 친숙하게 만드는 게 중요한 이유다. 그러려면 책 대화가 영화, 드라마, 축구 경기를 보고 가볍게 수다를 떠는 것과 다르지 않다는 걸 알아야 한다. 최고의 방법은 학교에서 경험하도록 하는 것이다. 그러다 대화에 재미를 붙여 성인이 돼서도 독서 모임, 글쓰기 모임에 나간다면 얼마나 좋을까. 내가 가르친 학생이 책과 글을 사랑하는 존재가 된다는 건 상상만으로도 즐거운 일이다. 이처럼 많은 국어 교사가 학생을 '평생 독자'와 '평생 필자'를 만드는 데 진심이다.

좋은 대화를 나누려면 좋은 공동체가 필요하다. 수업에서는 흔히 모둠으로 구성된다. 그런데 좋은 공동체 만들기가 쉽지 않다. 학교에서 모둠을 구성하는 방법은 가지각색이다. 원하는 사람끼리 할 수도 있고, 성적과 능력을 고려해 구성할 수도 있다. 그런데 이런저런 교육학적 방법을 동원해 세밀하게 모둠을 구성해도 모둠 수업은 쉽지 않다. 성적과 경쟁이 개입되는 탓이다. '협업하고 소통하는 능력이야말로 사회에 나가서 너희에게 필요한 역량이야.'라는 딱딱한 설명으로도 잘 설득되지 않는다.

모두가 1인분의 몫을 하면 좋겠지만 쉽지가 않다. 누군가는 무임승차를 하고, 누군가는 과중한 역할을 떠맡는다. 학교가 사회의 축소판이라는 말은 과장이 아니다. 각종 갈등과 다툼까지 해결하려면 수업은 저절로 뒷전이 된다. 꽤 오랜 시간 동안 갈등 없는 모둠 수업을 고민했다. 한 가지 방법은 학생을 취향과 선호의 공동체로 만드는 것이다. 좋아하는 것이 같은 사람들은 서로를 조금 더 이해하지 않을까? 그런 생각으로 '취향의 공동체'를 만드는 방법을 고민했다.

'계산도 하지 못할 기가 막힌 확률'로 만난 우리의 '취향'이 같다는 건 어떤 의미일까. 영화 〈세렌디피티〉에서는 첫눈에 반한 남녀가 여러 이유로 다시 만나지 못할 상황에 처한다. 그때 여주인공은 자신이 좋아하는 책 뒤편에 자신의 연락처를 적는다. 그리고 남자 주인공에게 이 책을 중고서점에 팔 것이라고 이야기한다. 만약 당신이 이 책을 어디선가 발견하게 된다면 우리는 운명처럼 다시 재회할 수 있을 것이라 이야기한다. 엉뚱하지만 낭만적이다. 좋아하는 것이 같은 사람은 언제 어디서든 다시 만날 것이라는 영화의 메시지가 희망적이다. 어린 시절 본 이 영화는 책으로 만드는 운명적인 만남을 꿈꾸게 해주었다.

2년 동안 진행한 한 학기 한 권 읽기의 활동의 주제는 다양성(diversity)이다. 주제가 넓어 주제를 다시 정돈하고 가다듬었다. 다양한 가족(비혼 출산, 동성 결혼), 다양한 권리(동물권, 페미니즘), 다양한 문화(이주민, 미등록 이

주 아동), 다양한 환경(가난과 노동, 장애, 가정 폭력), 다양한 청소년(성, 학교 폭력, 탈학교 청소년, 특성화 고등학교)과 관련된 책 목록을 준비했다. 학습지에 책 제목과 간단한 책 소개를 작성해 두었다. 수업의 방향과 함께 전체적인 주제와 책 내용을 설명한다. 그리고 5~10분 동안 원하는 책을 결정하도록 한다. 이후 온라인 설문을 통해 읽고 싶은 책을 고르도록 한다. 같은 책을 고른 학생끼리 같은 모둠이 되도록 하는 것이었다.

그런데 이 방식으로 모둠을 구성하려면 조금 더 타당한 이유가 필요했다. 성적과 능력, 친분이 아닌 선호와 취향, 우연과 인연으로 맺어지는 공동체가 왜 우리에게 필요한지 알려주어야 했다. 그 답을 신형철의 책《느낌의 공동체》에서 찾았다.

우리는 정보의 양으로 상대방을 향한 감정을 증명하곤 한다. 상대가 좋아하고 싫어하는 것을 얼마나 정확히 아느냐가 그 사람에 대한 내 마음을 드러내는 방법이 되곤 한다. 그러나 '안다'라는 동사로 '사랑'이라는 감정을 포획하기에는 뭔가 부족하다. 그토록 서로를 안다고 생각했던 관계가 가벼운 오해로도 쉽게 깨지는 순간을 수없이 목격했다. 그렇다면 무엇으로 '사랑'을 증명할 수 있을까?

신형철은 그 답을 '느낌'이라고 말한다. 느낌과 느낌이 만나는 순간. 대상과 존재를 향한 나의 마음과 너의 마음이 같다는 것을 알아차리는 순간, 우리는 상대방의 세계로 한 걸음 나아간다. 느낌과 느낌의 선이 교차하는 순간 생기는 접점에서 교감이 생겨난다. '내가 느낀 걸 너도 느꼈구나.'라는 그 일치의 감정이 우리만의 세계를 형성한다. 신형철은 그 기적적인 느낌의 교류를 '사랑'이라고 말한다. 그리고 덧붙인다. 우리는 느낌의 공동체에서만 사랑을 느낄 수 있다고, 그래서 '사랑은 능력'이라고 말이다.

남학생들 앞에서 느낌과 사랑, 공동체를 이야기하는 건 쑥스럽다. 아이들도 마찬가지다. 그래서 설명할 때마다 제대로 설명하지 못했다. 신형철이 정성스레 쓴 서문을 읽고 내 생각을 조금 보탰을 뿐이다. 그 쑥스러운 느낌이 교실에 감도는 순간이 좋다. 그 순간에 나와 학생들은 분명 '느낌의 공동체' 안에 있었을 것이다.

이렇게 만들어진 모둠은 약 한 달을 함께 한다. 6시간 동안 책을 읽고, 2시간 동안 대화를 나누고, 4시간 동안 발표를 준비한다. 6시간 동안 책을 읽고 자신의 감상을 독서 일지에 기록한다. 이어 책 내용에 대한 공감과 의문을 질문으로 표현한다. 모둠원들과 함께 나누고 싶은 질문을 1~2개 뽑아 대화에 참여한다. 질문을 만드는 법, 서로를 존중하는 대화를 나누는 법은 책을 읽기 전에 알려 준다. 이 방법들을 기억하고 활용하라고 말한다. 질문과 자신이 내린 답을 내놓고 다른 친구의 감상과 반응을 기다린다. 다른 친구의 질문에도 자신만의 답과 해석을 내린다. 일치점과 차이점을 찾는 대화가 교실 곳곳에서 뻗어나간다. 직선으로 뻗은 세계가 서로 교차하며 '접점'을 만드는 순간을 바라보는 일은 늘 즐겁다. 이 접점은 분명 사랑일 것이다.

물론 낭만과 현실은 다르다. 성적과 경쟁이 개입되는 순간 아이들 사이에서 날 선 긴장이 솟구칠 때도 있다. 학생들의 감상과 질문, 대화에 세밀한 점수를 매기지는 않는다. 하지만 '내신'과 '변별'을 위해 마지막에 이루어지는 모둠 발표에는 성적을 매길 수밖에 없다. 정성스레 준비한 발표 내용을 '점수와 순위'로 갈무리하는 일은 늘 괴롭다. 학생들의 마음에 남는 것이 좋은 질문과 좋은 대화가 아닌 '성적과 등수'일 수도 있겠다고 생각할 때면 마음 한편이 쌉싸름해진다. 이 경험이 쓴맛이 아닌 달콤한 맛으로 기억되어야 할 텐데. 좋은 책, 좋은 사람, 좋은 대화, 좋은 생각이 인생의 큰 부분을 차지하면 좋겠다는 희망을 간직해 본다.

동글동글한 질문으로 읽어줘

챗 지피티의 시대다. 많은 사람이 AI가 인간을 대체할 것이라 말한다. 인간의 오류와 불완전성이 완전무결한 기계로 극복되리라 상상한다. 정말 그럴까? 가능성을 인정하면서도 아직은 내가 대체 가능한 존재라는 무언의 압박이 반갑지만은 않다. 기계가 대체할 수 없는 인간의 고유한 의미가 무엇인지를 계속해서 고민하게 된다.

나는 그 의미를 질문에서 찾는다. 챗 지피티는 인간의 질문에 세심하게 반응한다. 질문의 명확성과 구체성에 따라 챗 지피티의 답변은 확연히 달라진다. 질문의 수준과 깊이를 고려해 정보를 제시한다. 마치 나를 잘 쓰려면 당신이 무궁무진한 궁금증을 간직하며 살아야 한다고 말하는 것 같기도 하다. 바야흐로 정보를 검색하는 시대를 넘어 질문하는 시대가 도래했다. 미래엔 질문하는 능력이 더더욱 중요해질 게 분명하다.

나는 질문 없는 사회를 살아왔다. 눈치와 부끄러움 때문에 선생님에게, 교수님에게조차 잘 질문하지 못했다. 이해가 되지 않으면 내가 부족해서라고 생각했다. 아는 것을 더 깊이 파고 들어갈 이유도 없었다. 들은 것을 외워서 있는 그대로 풀어내면 좋은 점수를 받았기 때문이다. 질문을 받아들이는 윗사람들의 태도도 부담이었다. 서열과 권력 관계에서 아랫사람의 질문은 거부와 항의로 받아들여지곤 했다. 어렸을 때부터 질문하는 버릇을 기르지 않았는데, 인공지능이라고 해서 질문을 잘 할 수 있을까? 아이들은 질문하는 연습을 해야만 한다. 나는 아이들의 질문 연습 상대로 책을 선택했다.

질문은 아는 것과 모르는 것을 구분하는 데서 시작한다.

아는 것을 더 깊이 있게 알고 싶은 마음, 모르는 것에 대해 부끄러워하지 않고 손을 드는 용기에서 시작한다. 그런데 학생들은 이 과정을 잘 거치지 않는다. 알면 안다고 넘어가고, 모르는 것을 부끄러워하거나, 이것쯤은 몰라도 된다고 생각한다. 결국 좋은 질문을 만들려면 이 두 가지를 정확히 구분할 수 있어야 한다. 그래야 자신과 멀리 떨어진 세계를 질문으로 해석해 자신의 삶에 오롯이 담아낼 수 있다.

학생들이 질문으로 책을 읽어 나가기를 바랐다. 책을 읽으며 다양한 질문을 만들고, 질문을 선별하고, 고른 질문으로 대화하고, 발표하기를 원했다. 그러려면 질문하는 법을 알려줘야 했다. 시중에 나온 질문 관련 책으로 방법을 이리저리 알려준다 한들 실제 해보지 않으면 능숙해지기가 어렵다. 개방형 질문과 폐쇄형 질문, 추가 질문의 유형, 핵심 질문에 대한 이론적인 설명을 하더라도 직접 질문을 만드는 일은 만만치 않은 작업이다. 본능적으로 질문이 튀어나올 수밖에 없는 글로 연습을 시켜야 한다고 생각했다. 다양성이라는 삶의 결에 맞으면서도, 학생들에게 질문 욕구를,

말하고 싶은 욕구를 불러일으키는 글 말이다.

그래서 연습용 글로 페미니즘 관련 글을 선택했다. 정희진의 《페미니즘의 도전》에 나오는 '말과 성차별'의 한 부분이다. 한 연수에서 해당 글을 접하고 질문을 만드는 연습용 글로 쓰기에 제격이라고 생각했다. 그런데 남학교에서 페미니즘을 이야기하는 건 참 조심스럽다. 그 조심스러움은 학생들이 지니는 본능적인 거부감에서 기인한다.

해당 글은 말에 깃든 오래된 성차별의 흔적을 낱낱이 밝히고 있었다. 언어는 기본적으로 권력관계에서 정의되고 유통된다는 점을 합리적으로 논증하고 있었다. 그런데 글이 좀 오래되기는 했다. 2005년도에 나온 글이라 지금의 현실과는 맞지 않는 부분도 있었다. 하지만 오히려 그 지점이 좋았다. 아이들에게 적당한 의문과 궁금증을 불러일으키기에 충분했던 것이다. 최근 화두가 되는 정치적 올바름(Political Correctness) 측면에서 많은 단어를 바꾸고 있는 해외 사례와 연결 지어 설명할 거리도 있었다. 글을 읽기 전에 policeman, fireman, salesman, chairman과 같은 단어들이 policeperson, fire fighter, salesperson, chair person으로 바꿔서 사용되는 현상을 설명했다.

　글을 읽고 하고 싶은 질문을 마음껏 하라고 한다. 그러면 가만히 있던 학생들이 너나 할 것 없이 손을 든다. 정제되지 않은 날것의 질문에는 생생함이 있다. 이 글은 너무 오래된 것 아닐까요? 이 예시는 현재에는 다 바뀌지 않았나요? 글쓴이가 너무 편파적인 것 아닌가요? 오히려 남성을 차별하는 단어들도 많지 않아요? 논리 전개가 너무 급작스러운 것 아니에요? 매춘에서 성매매로의 변화가 왜 여성 인권의 변화와 맞물려 있는 거죠? 와 같은 질문들이 쏟아지기 시작한다.

　우리가 수업 시간에 읽는 책은 어떤 이들에게는 '잘못된 삶'이다. 작가 김원영은 《실격당한 자들을 위한 변론》에서 잘못된 삶은 나쁜 짓을 저지르는 삶이 아니라, '존중받지 못하는 삶'이라고 이야기한다. 절대다수와 다른 선택, 즉 다른 삶의 방식, 태도, 성적 지향, 신체적 특징을 지닌 사람은 누군가의 편견으로 '잘못된 삶'을 살아갈 가능성이 클 수밖에 없다. 아이들이 이런 글을 읽었을 때 본능적인 거부감을 느끼리라 생각했다. 그리고 날카로운 질문만 쏟아내지 않을까 걱정됐다. 그 뾰족한 모서리를 둥글둥글하게 매만져야 했다.

모든 질문에는 이유와 근거가 있다. 애써 그 질문에 반박하려 하지 않는다. 당연히 그렇게 생각할 수도 있겠다고 인정한다. 이 글은 좀 오래되었고, 날 선 표현으로 가득하며, 누군가의 공감을 얻기에는 부족할 수도 있겠다고 이야기한다. 중요한 지점은 이 지점이다. 나도 너희의 견해를 충분히 이해하고 듣고 있다는 점을 차분하게 설명한다. 경험은 다양하며, 생각은 다를 수 있다고 이야기한다. 조금 가라앉혔으니 아이들을 조금 더 자극해 본다. 혹시 '남성은 잠재적 가해자다.'라는 말은 어떻게 생각해? 아이들은 대놓고 거부감을 표현한다. 말도 안 되는 소리라고 반발하기 시작한다.

그 순간 예를 들기 시작한다. "엄마, 여동생, 누나, 여자친구와 함께 밤늦은 시간까지 밖에 있다가 상대방을 집에 데려다줘야겠다고 생각한 적은 없니? 왜 데려다줘야겠다고 생각했어? 혼자 야심한 밤, 어둑한 골목길을 걸어갈 때 왜 엄마, 여동생, 누나, 여자친구가 위험하다고 생각하는 거야? 그 이유가 뭐지? 여성이 처할 수 있는 위험을 생각할 때 떠올리는 가해자의 모습은 똑같은 여성이니 아니면 남성이니? 만약 너희가 여성이라면 혼자 밤늦은 거리를 걸어갈 때 본능적으로 남성에 대한 두려움을 가질 수도 있지 않을까? 아주 살짝만, 잠시만 입장을 바꿔서 생각하면 어때?"

아이들은 골똘히 생각에 잠긴다. 구체적인 경험 안에서 누군가가 겪은 고통을 이야기할 때 날 선 비판을 하기란 쉽지 않기 때문이다. 모든 사람은 타인의 고통을 쉽사리 지나치지 않는다. 아이들은 더욱더 그렇다.

"어떤 글이나 말을 접했을 때 비판하고 반박하고 싶은 생각이 들 거야. 그런데 그 마음을 조금만 내려놓아 줘. 누군가의 말에 거부감이 들 수도 있겠지만, 제일 먼저 우리가 해야 할 일은 상대방이 무슨 말을 하는지를 찬찬히 듣고 이해하려고 노력하는 거야. 앞으로 우리가 읽을 책의 주제가 만만치 않아. 어쩌면 읽기 싫을지도 몰라. 그래도 한번 시도해 보자. 나와는 다른 사람의 세계 안으로 성큼 걸어

들어가 보자. 그러면 너희에게 또 다른 세상이, 더 넓은 세
상이 찾아올지도 몰라."

　아이들이 몽돌 같은 마음으로 책을 읽으면 좋겠다. 다른
세계와 충돌하고 부딪혀서 날 선 마음이 조금씩 무뎌졌으
면 좋겠다. 동글동글하고 부드러운 삶의 표면들이 맞닿아
이루는 세계는 얼마나 아름다울까.

언제든 과거로 돌아갈 수 있어

    한 학기 한 권 읽기 수업을 하기 전에 대화 수업을 계획
했다. 서로를 배려하는 따뜻한 대화를 나누게 하기 위해서
다. 수업을 위해 많은 대화 이론을 꼼꼼하게 정리한다. 교
사의 욕심만큼 수업 양은 늘어만 간다. 많은 걸 가르쳐주고
싶은 마음에 필요 없는 여백을 줄여가며 2장 분량의 빽빽
한 학습지를 완성한다. 꼼꼼하게 학습지를 읽으며 수업 시
나리오를 구상하다 보니, 자연스레 내 지난 대화가 떠오른
다. 부드럽고 달콤한 어휘로 서로를 어루만지던 순간부터,
서로를 이해하지 못해 거친 언어로 상대의 마음을 할퀴던

순간까지. 기쁘고 슬픈 모든 순간의 도처에 내가 내뱉은 언어가 흩어져 있다. 문득 학생들이 '대화의 이론을 배우고, 문제를 많이 푼다고 한들 좋은 대화를 할 수 있을까?'라는 생각이 든다. 어쩌면 내가 줄인 여백은 학생들이 채워야 할 삶이 아니었을까. 그러니 그 여백을 본래대로 되돌려야만 했다. 그래서 이 수행평가를 마련했다.

학생들과 과거의 대화 방식을 성찰할 수 있는 한 편의 글을 천천히 읽었다. 제목은 '대화에도 퇴고가 가능하다면'이다. 작가는 글과 마찬가지로 대화도 퇴고할 수 있다고 말한다. 흔히들 한번 내뱉은 말은 주워 담기가 힘들다고 한다. 하지만 누구에게나 지난 대화를 후회하며 이불킥하는 순간이 있다. 대부분 과거로 돌아갈 수 없다고 생각하며 자신의 잘못을 흑역사로 취급해 버리고 만다. 하지만 언제든 돌아가고 싶은 순간으로 돌아갈 수 있다. 용기를 내면 된다. 대화를 퇴고하는 일은 여기서 시작된다. 자신의 실수와 잘못을 인정하고 사과하는 것으로 퇴고는 완성된다.

글을 읽은 뒤 마음에 드는 문장에 밑줄을 긋고 이유를 나누는 시간을 가진다. 그리고 내가 제일 인상 깊었던 문장을 골라 그 이유를 소개한다. 그 문장은 바로 '그 일에는 무엇보다 용기가 필요하다.'이다. 자존심이 상해서, 지는 게 싫어서 사과하지 못했던 과거의 내가 생각났기 때문이다. 그래서 이 수행평가의 제목은 '용기를 가지고 지난 대화를 퇴고하기'가 되었다. 잘못과 실수를 인정하는 사람은 용기 있는 사람이라는 다정한 위로가 우리를 오래된 후회에서 벗어나게 할 것이다.

뒤이어 우리가 하게 될 수행평가를 차분하게 설명한다.

첫째, 친구, 연인 부모님과 대화하면서 후회했던 순간을 생각하기

'가까운 사람일수록 친하다는 이유로 함부로 말을 내뱉게 되지. 어떤 관계든 관계가 주는 적절한 긴장감이 사라지게 되면, 경계가 쉽게 무너지는 법이니까. 가까워지는 관계만큼이나 우리의 말도 부드러워지면 좋을 텐데. 친하지 않은 주변 사람에게는 좋은 말을 해주다가도, 소중한 사람한테는 거칠고 날카로운 언어를 쓰는 건 삶의 아이러니인 것 같아. 문득 집으로 돌아와 지난 대화를 돌이켜 봤을 때, 그 장면이 떠오르고 약간의 아쉬움이 생긴다면 그 순간으로 돌아가고 싶다는 거야. 돌아가고 싶은 순간으로 돌아가 보자. 지난 기억을 한 장 한 장 넘겨 보면서, 후회했던 순간을 찾아보는 거야.'

둘째, 왜 후회했는지 그 이유를 찬찬히 들여다보기

'며칠 전, 몇 주 전 혹은 몇 달 전의 나를 지금의 나 앞에 세워 보자. 그리고 그때의 나를 다른 사람 보듯이 관찰하는 거야. 내가 왜 저렇게 이야기했을까? 내 표정은 왜 저럴까? 내 목소리는 왜 저렇지? 그리고는 상대방의 얼굴도 들여다보자. 내 말과 표정, 목소리에 상대방이 어떻게 반응하는지를 찬찬히 살펴보는 거야. 그럼 내가 왜 후회하는지 그 이유를 알 수 있게 돼.'

셋째, '내가 이렇게 말했더라면', '누군가가 나에게 이렇게

말해주었더라면'과 같은 지점을 발견하기

'대화가 어긋나는 건 한순간인 것 같아. 무심코 내뱉은 단어, 문장이 상대의 마음을, 내 마음을 할퀴지. 그 지점을 찾아보자. 나 혹은 상대방이 이렇게만 말했더라면 하는 순간을 발견해 보자. 그 순간에서부터 우리의 현재와 미래가 달라질지도 몰라. 물리학자 리처드 뮬러는 '우리는 현재뿐만 아니라 과거에도 존재한다.'고 말하지. 물리학자 카를로 로벨리는 《시간은 흐르지 않는다》에서 과거는 지나간 것, 현재는 존재하는 것, 미래는 열려있다는 것은 모두 틀렸다고 이야기해. 우리는 어느 순간에나 존재한다고 말이야.'

넷째, 수업 시간에 배운 대화의 이론, 원리 등을 적용해 지난 대화를 수정하기

'수업 시간에 엄청 많은 이론을 배웠지? 적절한 거리 유지의 원리, 공손성의 원리, 각종 격률까지. 이 이론이 이론으로만 머물지 않고 우리의 대화 속에서 살아 숨 쉬도록 만들어 보자. 그러면 앞으로도 말을 할 때 자연스레 이 이론들을 사용해서 좋은 대화를 나눌 수 있을 거야.'

마지막, 자신의 대화 태도를 반성하고 앞으로 나아갈 점을 생각해 보기

'마지막으로 우리의 평소 대화 태도를 반성해 보자. 친하다는 이유로, 안 지 오래됐다는 이유로 상대의 마음에 생채기를 내는 말을 내뱉고 있지는 않니? 그런 말을 들었을 때 상처받지 않은 척, 아무렇지 않은 척하면서 흔히 말하는 '쿨한 사람'인 척 스스로를 포장한 적은 없어? 드러내지 않은 상처는 언젠가 곪아 터지게 돼. 배웠으니 이전의 나로 쉽게 돌아갈 수는 없겠지? 앞으로 어떤 방식으로 대화할 건지 고민해 보자.'

학생들은 이 수행평가에 진지하게 임한다. 까다로운 평가 조건을 내세우는 것도 아니다. 사실상 여백을 다 채우기만 하면 점수를 준다. 그래서 더 몰입한다. 이 수행평가가 정말 학생들의 언어와 삶을 흔들어 놓았을까? 종이에 적힌 단어 하나하나에 깃든 진심을 보면 그럴 것 같기도 하다. 한 남학생의 진솔한 기록을 여기에 남겨 둔다.

1. 친구, 연인 부모님, 선생님과 대화하면서 후회했던 순간을 생각하기

엄마: 공부 좀 해라. 맨날 게임이나 하고 유튜브나 보고. 고2 맞나?

나: 어, 맞아.

엄마: 시험이 며칠이나 남았다고 맨날 놀고만 있노?

나: 좀 이따가 할 거야.

엄마: 매일 잔소리하는데도 바뀌는 게 없네. 자존심도 안 상하나? 나 같으면 자존심이 상해서라도 공부하겠다.

나: 자존심 상할 게 뭐가 있어? 자존심 별로 안 상하는데?

엄마: 에휴.

2. 왜 후회했는지 이유를 찬찬히 들여다보기

자존심이 상했다. 상했지만 이기려고 자존심이 안 상했다고 말했다. 공부를 하면 재미있다. 그런데 안 해도 재미있다. 공부를 안 하고 싶어서 안 하는 것이 아니다. 난 아직 꿈이 없기 때문이다. 꿈을 향해 나갈 동기가 없어 그런지 더 공부를 안 하게 되는 것 같다. 자존심이 안 상한다는 말보다 공부를 안 하게 되는 이유를 솔직하게 말했더라면 하고 후회된다.

3. '내가 이렇게 말했더라면', '누군가가 나에게 이렇게 말해주었더라면'과 같은 지점 발견하기

부모님이 왜 공부를 안 하냐고 먼저 물어봐 줬다면, 아니면 내가 먼저 내 고민에 대해 말했더라면 서로 좋게 좋게 말할 수 있지 않았을까 하는 생각이 든다.

4. 수업 시간에 배운 대화의 이론, 원리 등을 적용해 대화를 수정해 보기

엄마: 공부 좀 해라. 맨날 게임이나 하고 유튜브나 보고. 고2 맞나?

나: 이거 딱 10분만 하고 공부할게(태도의 격률).

엄마: 시험이 며칠이나 남았다고 맨날 놀고만 있노?

나: 이것만 하고 공부하려고 했는데, 그렇게 말하니까 기분이 나빠. 앞으로 공부 언제 할 거야?, 라고 먼저 물어봐 줬으면 좋겠어. (나 전달법)

엄마: 맨날 잔소리를 해도 바뀌는 게 없네. 자존심도 안 상하나? 나 같으면 자존심 상해서라도 공부하겠다.

나: (공부를 하지 않는 이유를 말하면서) 자존심 상하지. 그런 말을 들으면 누가 자존심이 안 상하겠어? 지금부터 공부할 테니까 걱정하지 말고 나가 줄래요? (적절한 거리 유지의 원리)

5. 자신의 대화 태도를 반성하고 앞으로 나아갈 점을 생각해 보기

  상대방이 기분 안 좋게 말을 하더라도, 공격적으로 대응하거나 내 감정을 숨기지 말고 이러이러해서 기분이 나쁘다고 솔직

하게 내 감정을 표현해야겠다. 그리고 그런 말을 안 해줬으면 좋

겠다고 이야기한 뒤, 계속해서 대화를 이어 나가야겠다.

섬세한 진심을 보여줘

　건의문 수업 시간이다. 건의문은 일정한 형식이 있어 쓰기 어렵지 않다. 교과서에도 좋은 예시글이 나와 있다. 남녀 탈의실을 분리, 설치해 달라는 학생의 건의문이다. 모범 글을 차례차례 읽으며 건의문을 쓰는 방법을 찬찬히 설명한다. 건의문 말고도 계획한 수행평가가 많아 설명과 문제 풀이로만 끝낼까 싶었다. 그래도 마음 한편이 찝찝하다. 문제를 발견하는 예민한 감각을 길러 주고 싶다. '그럴 수도 있지.', '그냥 넘어가.'의 방식으로 눈을 감으면 안 된다고 말해주고 싶다. '살면서 건의문 한 편 정도는 써 봐야 할 텐데', '섬세한 진심으로 타인의 불편과 고통을 해결하는 방법을 알아야 할 텐데.' 그 마음으로 건의문 수행평가를 해보자고 결심한다. 단, 제출은 자유다.

지식은 삶과 만나야만 살아난다. 우선 건의를 통해 현실을 바꾼 사례를 보여준다. 국민청원 게시판의 각종 건의문으로 우리 사회가 바뀐 예시들, 인근 학교의 재개발 공사로 등굣길이 위험해지자 학교 차원에서 공식 민원을 제기해 문제를 해결한 사례까지. 교과서 속 지식을 사회와 연결하니 아이들의 눈빛이 또렷해진다.

이제 예민한 감각으로 불편함을 찾는 단계다. 우선 우리 지역의 전자민원 게시판을 보여준다. 게시글을 읽으며 동네 주민들의 불편을 살핀다. 이런저런 글이 눈에 띈다. 수영구라 광안리 해수욕장과 관련된 민원이 많다. 각종 소음 문제부터 애완견의 배변 방치 문제까지 각종 생활 불편들이 올라와 있다. 개중에는 예의 없는 말투로 작성된 글도 많다. 아이들에게 민원 게시판에 올리는 글의 조건을 설명한다. 첫째, 불편은 타인의 이익, 공동체의 편의와 관련된 것이어야 한다. 둘째, 수업 시간에 배운 세련된 방식으로 글을 작성해야 한다.

　혹시나 해 다시 한번 건의문 형식을 설명한다. 문제가 얼마나 심각한지, 이 문제로 어떤 불편과 고통이 발생하는지를 언급해야 한다. 해결 방안은 구체적이고 현실적이어야 한다. 마지막으로 정중하고 예의 바른 표현을 써야 한다. 담당 공무원의 답변이 달리면 그 답변까지 캡처해 온라인으로 제출하면 된다고 알려 준다. 그 내용을 꼼꼼하게 읽고 생활기록부에 작성해 주겠다고 말한다. 그러자 몇몇 아이들이 똘망똘망한 눈으로 나를 쳐다본다. 기한은 한 달이다.

　한 달이 지나 확인하니 한 반에 1~2명의 학생이 제출했다. 그리 많지 않은 양이라 다소 실망한다. 그래도 한 편 한 편 아이들의 진심을 열어 본다. 버스 정류장에 수북이 쌓인 은행나무 열매 때문에 냄새가 나니 이를 치워달라는 건의문, 광안리 해수욕장의 불법 버스킹으로 발생한 소음 공해가 심각하니 이를 제재해 달라는 건의문, 초등학교 근처 신호등이 없어 등하굣길이 위험하다는 건의문까지. 아이들이 발견한 마음이 예쁘고 고맙다.

　마지막으로 한 학생의 과제물을 연다. 단락이 구분된 건의문이 얼핏 봐도 정갈하다. 우리 학교 근처 우체국 사진이 함께 첨부되어 있다. 2층에 있는 우체국으로 올라가기 위해 설치된 경사로가 눈에 띈다. 경사가 상당히 가파르다. 분명 휠체어 장애인을 위한 경사로인데, 절대 휠체어 장애인이 이용할 수 없는 경사로다. 아이가 쓴 글은 아래와 같았다.

　안녕하세요? 저는 OO고등학교를 다니고 있는 한 학생입니다. 항상 지역을 위해 힘써주시는 구청장님께 감사한 마음을 전하며, 한 가지 사항을 건의드립니다.

　우체국에 엘리베이터를 설치해주시기 바랍니다. 집 앞에 우체국이 있어 우편을 보낼 때 자주 이용합니다. 그곳에는 장애인이나 거동이 불편한 노인들을 위한 경사로가 설치되어 있습니다. 하지만, 이곳의 경사로는 전혀 사회적 약자들을 배려해주지 않습니다. 안전보건공단에 의하면, 경사로 각도는 15도 이하를 유지하여야 한다고 합니다. 하지만, 이곳의 경사로를 보시면(사진 참고), 눈으로만 보아도 15도가 훨씬 넘습니다. 제가 직접 경사로를 걸어 올라가 보았는데, 건강한 일반인인 저도 발목이 꺾여 오르기가 힘들 정도의 경사였습니다. 비 오는 날의 경사로를 보니, 경사가 너무 높아 물이 흘러내리는 모습이 마치 폭포와도 같았습니다.

저희 누나는 어릴 때 다리를 다쳐 휠체어를 타고 다닙니다. 어느 날, 저희 누나가 중요한 등기우편을 보내기 위해 집 앞의 우체국을 들른 날이 있었습니다. 그런데, 경사가 너무 높은 나머지 저희 누나는 올라가지 못하고 결국 저를 불러 제가 올라가 우편을 부쳤습니다. 저희 누나를 길에 혼자 둔 채로 말입니다.

우체국에 엘리베이터가 설치된다면, 저희 누나와 같은 지체장애인분들이나, 거동이 불편하신 노인분들, 혹은 임신하셔서 계단 오르기가 힘드신 임산부님들과 같은 사회적 약자들이 편하게 우체국을 이용하실 수 있을 것입니다. 사회적 약자들을 위해서 이 문제를 꼭 살펴봐 주시기를 다시 한번 부탁드립니다.

주민들이 많이 이용하는 관공서에는 엘리베이터가 꼭 있어야 한다고 생각합니다. 우체국에 꼭 엘리베이터를 설치해주세요. 감사합니다.

담당 공무원의 답변 또한 차분하고 정갈했다. 문제를 인지하고 있으며 엘리베이터 설치 및 경사로 각도 조정을 여러 방안으로 검토해 보았으나 어렵다는 답변이었다. 요구 사항을 반영하기 위해서는 건물 자체를 새로 지어야 한다는 것이다. 1980년대에 지어진 건축물이니 추후 건물을 새로 짓는 과정에 해당 건의 내용을 꼭 반영하겠다는 말까지 덧붙어 있었다. 누군가는 여전히 1980년대를 살아가야만 했다.

글을 쓴 아이는 우리 반 학생이 아니었다. 기억하건대 친밀하게 대화를 주고받는 사이도 아니었다. 당연히 학생의 가정환경을 알 리가 없었다. 그저 차분하게 공부하는 친구라 생각했을 뿐이다. 그 아이에게 지체장애인 누나가 있다는 사실을, 그 누나를 향한 마음이 어떠한지는 글을 통해서 알았을 뿐이다. 그러나 굳이 아는 체하지 않았다. 그저 좋은 글을 읽게 돼 반갑다며 댓글을 달았을 뿐이다.

그즈음 나는 한 학기 한 권 읽기 수업을 진행하고 있었다. 댓글을 단 뒤 아이들이 선택한 책 목록이 정리된 파일을 연다. 이 아이가 선택한 책은 김초엽, 김원영의 《사이보그가 되다》이다. 장애는 과학기술로 극복, 제거되어야 할 '결핍'이 아니라, 과학기술을 통해, 과학기술과 함께 드러나야 할 고유한 정체성임을 주장하는 책이다. 지금의 기술로도 얼마든지 장애인의 편의와 접근성이 개선될 수 있다는 것이다.

나는 그 아이가 쓴 6장의 독서일지를 읽으며, 그 아이의 발표를 들으며 건의문 속 누나를 생각했다. 비가 쏟아지는 날 우체국에서 하염없이 동생을 기다리는 누나의 뒷

모습을, 누나를 대신해 우편물을 전해주기 위해 올라가는 그 아이의 뒷모습도.

일 년이 지난 어느 날 그 아이가 문득 나를 찾아와 자신의 진로 고민을 털어놓는다. 의료 계열 진학을 희망하는데 잘 될지 모르겠다는 것이다. 한 시간 동안 묵묵히 이야기를 듣는다. 건의문과 책과 독서 일지와 발표 내용에 담긴 섬세한 진심을 헤아려 본다. 누군가의 진심에 내가 할 수 있는 일이라곤 용기를 더해주는 것이었다. 선택에 응원과 확신을 보내는 것이었다. 결국 아이는 원하던 의료 계열에 진학했다. 나에게 찾아와 상담해 주셔서 고맙다는 말을 건넨다.

내 수업은 너에게 든든한 위로로 다가갔을까. 묻고 싶었지만 그러지 못했다. 고맙다는 말도 하지 못했다. 이 자리를 빌려 전해 본다. 나에게 섬세한 진심을 보여줘서 고맙다고. 말하지 않아도 보이는 마음으로 항상 너를 생각했다고.

실패해서

머뭇거렸어요

제 수업이 그렇게 싫으셨나요?

수업을 하던 중이었다. 연구부장님이 교실 문을 열고 다급히 나를 찾았다. "김샘, 잠시 나올 수 있어요?" 수업 중인 교사를 급히 호출하는 일이 드물기에, 무슨 일인가 싶어 황급히 나갔다. 연구부장님은 복도에서 아주 작은 목소리로 속삭였다. "혹시 '남성에게는 삽입이지만, 여성에게는 흡입이다.'라는 문장이 있는 글을 시험문제로 출제한 적 있어요?"

국어 교사 대상의 연수에 참석한 적이 있다. 당시 서울에서 비문학 수업으로 유명한 한 국어 선생님의 강연을 들었다. 선생님은 본인이 비문학 수업을 할 때 사용하는 자료집을 나누어 주시며, 마음껏 쓰라는 말을 덧붙였다. 그 자료집에 나를 사로잡는 몇 편의 글이 있었다, 그중 한 편이 바로 여성학자 정희진의 글이었다.

해당 글은 언어에 덧씌워진 의미를 벗겨내고, 그 안에 입혀진 편견을 지우려는 글이었다. 주류의 언어로 세상을 구획하는 일이 차별과 폭력임을 밝히는 글이었다. 나는 이 글을 2학기 독서 첫 수업 시간에 활용했다. 이 글로 글을 읽고 질문을 만드는 방법을 가르쳤다. 드러난 것과 드러나지 않은 것을 면밀하게 골라내 의도와 의미를 파악하는 연습을 시켰다. '왜 미혼이 아니라 비혼이라는 단어를 써야 할까? 성매매라는 단어는 왜 여성 인권의 변화와 관련이 있을까?'처럼 글쓴이가 애써 설명하지 않은 빈틈을 본인의 사유로 차곡차곡 채워나가는 모습을 확인하고 싶었다. '남성에게는 삽입이지만, 여성에게는 흡입이다.'라는 문장처럼 굳이 내가 설명하지 않아도 머릿속에서 그려질 문장에는 사실 눈이 가지 않았다.

당연히 해당 지문을 시험문제로도 출제했다. [왜 우리는 미혼이 아니라 비혼이라는 단어를 써야 할까?]. 접두사의 의미 차이를 중심으로 구체적인 예시를 들어 설명하라는 조건을 덧붙였다. '미성숙, 미해결, 미완성처럼 언젠가는 실현되어야 할 당위로서의 미래를 드러내는 접두사 '미-'는 결혼을 사회적 의무로 인식하는 편견이 덧씌워져 있으므로, 현상에 대한 중립적인 부정의 의미를 드러내는 접두사 '비-'를 써야 한다'는 게 모범 답변이었다. [성매매라는 단어는 왜 여성 인권의 변화와 관련이 있을까?]라는 문제에는 '여성의 성을 '춘'이라는 비유적인 표현으로 치환하고, 성을 파는 행위만을 강조하는 '매춘'이라는 단어는 지극히 남성 중심적이며, '성'을 사고파는 사람이 존재함을 드러내는 '성매매'라는 단어가 현실을 왜곡하지 않은 단어다'라는 모범 답안을 제시했다. 시험을 위해 읽는 글이지만, 이 글이 다수의 삶에 가려지고 숨겨진 그늘과 같은 삶을 향한 위로임을 알기 바랐다.

연구부장님은 잠시 교장실에 내려가 이야기를 하자고 했다. 사정을 들어보니 학생인지, 학부모인지, 학원 선생인지 모를 누군가가 내가 출제한 시험문제에서 '남성에게는 삽입이지만, 여성에게는 흡입이다.'라는 부분을 형광펜으로 밑줄을 그어 '학교 시험에 이 같은 문장이 포함된 글을 출제하는 게 교육적인가?'라며 JTBC에 제보했다고 한다. JTBC 기자는 사실을 확인하고자 학교에 인터뷰를 요청했고, 그 전화를 교장 선생님이 받게 된 거였다. 교장 선생님은 나에게 기자와 직접 통화를 해보는 게 어떠냐고 제안했다. 나는 흔쾌히 응했다.

기자는 무미건조한 목소리로 나에게 몇 가지 질문을 던졌다. 어떤 질문인지 상세하게 기억나지는 않는다. 하지만 내 행동을 문제 삼고 싶다는 강한 의지가 느껴졌다. '이 글을 다 읽어 본 사람이라면 이런 질문을 하지 않을 텐데.'라고 생각하며 이 글을 수업 시간에 다룬 교육적 의도를 찬찬히 설명했다. 전화를 끊으니 교장 선생님도 나에게 이것저것을 물어보았다. 이 글을 어디서 발췌했는지, 수업 시간에 어떤 방식으로 다루었는지 등을. 긴장되고 떨렸지만, 침착하게 대답했다.

다행히 교장 선생님은 나를 탓하지 않았다. 나에게 책

임을 물을 수도 있었을 텐데 그러지 않았다. 본인이 판단하기에 이 글과 선생님의 수업은 아무런 문제가 되지 않는다며 나를 다독여주었다. 이후로 필요한 조치를 모두 취해 주었다. 직접 교육청 공보관실에 전화해 이 상황을 설명하고, 교육청 차원에서 언론사와 직접 이야기할 것을 요청하였다.

하지만 기자는 나와 직접 인터뷰를 하고 싶어 했다. 당일에 바로 서울에서 부산으로 내려올 예정이라고 했다. 교장 선생님은 기자가 오면 잠시 교장실로 내려오라고 했다. 기자가 와서 이것저것 물으면 난 뭐라 대답해야 할까. 혹시나 문제가 커지지 않을까 걱정하며 전화를 기다렸다. 시간이 흘러 퇴근 시간이 다 됐는데도 연락이 오지 않아 교장실에 전화했다. 교장 선생님은 본인이 인터뷰를 다 했으니 걱정하지 말라고 말해 주었다.

결국 뉴스는 방영되지 않았다. 전해 들은 바로는 보도국에서 뉴스거리가 되지 않는다고 판단했다고 한다. 교장 선생님의 인터뷰 내용은 그 자리에 있었던 다른 선생님에게 건너 들었다. 교장 선생님은 인터뷰에서 나를 보호하기 위해 무척이나 애를 썼다고 한다. '해당 문장만 보면 문제가 된다고 생각할 수 있다. 그러나 이 글의 전체 의미는 한 문장으로 폄하되지 않을 만큼 교육적이라고 생각한다. 해당 수업을 한 교사에게는 어떠한 책임도 없다.'라는 내용이었다.

며칠 뒤 열린 회의에서 교장 선생님의 말씀은 단순하고 명료했다. 내 상황을 설명하며 '좋은 교육을 하고자 노력하다 보면 이런저런 우여곡절을 겪지만, 선생님들은 절대 위축되지 마시고 하고 싶은 교육을 마음껏 펼치시라.'라고 말씀하는 게 아닌가. 상황을 외면하거나 회피하는 관리자를 많이 봐온 나로서는 놀라운 발언이었다. 내 실수와 머뭇거림에 든든한 버팀목처럼 나를 지켜 주었을 뿐이다.

한동안 '누구일까'라는 질문이 머릿속을 떠나지 않았다. 그리고 '왜'라는 질문이 뒤이어 나왔다. 그러나 곧 후회했다. 누군가의 존재와 의도가 내 삶을 흔들 수 없다고 생각했기 때문이다. 타인의 시선과 평가 때문에 내가 쌓아 올린 삶과 수업을 녹슬게 해서는 안 된다고 생각했기 때문이다. 교육 철학이라고 말하기엔 거창하다. 그러나 내가 생각하는 좋은 수업과 삶의 방향은 명확하다. 경험하지 못한 삶, 경험하지 않을 삶을 경험하게 하는 것. 숨겨지고 가려진 자리에도 누군가의 생이 자라고 있음을 알려주는 것. 그 과정이 조금은 거칠고 성길 수는 있다. 여러 굴곡과 부딪칠지도 모른다. 그런 나에게 말해주고 싶다. 지난 경험으로 상처받았겠지만, 지치지 말라고. 앞으로도 좋은 삶을, 좋은 수업을 마음껏 꿈꾸고 보여주라고 말이다.

성차별 해소보다 무고죄 강화부터

　《예민해도 괜찮아》의 저자 이은의는 성희롱 피해자다. 그것도 내로라하는 굴지의 대기업에서 일어난 일이다. 저자는 참지 않고 저항했고 결국 가해자를 상대로 승소했다. 개인의 승리로 그쳐서는 안 된다는 생각에 로스쿨에 입학해 변호사가 되었다. 그 이후 성범죄 등 권력형 범죄를 전문적으로 수임하는 변호사가 되었다. 책에는 작가의 개인적 경험과 실제 사례가 잘 버무려져 있었다. 한 학기 한 권 읽기 시간에 다루기에 제격이었다. 남성과 여성의 위계 관계에서 빈번하게 발생하는 권력형 성범죄의 문제점을 경험할 수 있는 좋은 책이었다.

그런데 이번 학기에 이 책을 선택한 모둠이 단 한 모둠에 불과하다. 그만큼 많은 학생의 관심사와는 거리가 있는 주제라는 뜻일 테다. 그래도 선택해준 아이들이 고맙다. 어차피 책을 읽고 보고서를 쓰고 발표까지 하는 활동이다. 한 모둠이라도 책을 읽으면 한 반의 아이들이 책 내용을 알 수 있게 될 터였다. 그런데 이 모둠에서 매일 제출하는 독서일지의 내용이 왠지 좀 불안하다.

책에는 권력을 지닌 남성에게 피해를 입은 여성들의 사례가 주를 이룬다. 그런데 독서일지에는 억울하게 피의자가 된 남성은 없는지를 끊임없이 고민하는 내용이 나온다. 책을 잘못 읽고 있는 건 아닐까? 내가 생각한 방향은 이게 아닌데 하면서도 아이들의 감상이니 쉽사리 참견할 수가 없다. 심심치 않게 언론에 보도되는 사건을 생각하면 너희들의 생각이 틀렸다고 단언할 수도 없는 일이다. 그렇게 6시간 동안 책을 읽으며 제출한 독서일지에 밑줄을 치고 어김없이 도장을 찍는다.

책을 다 읽은 뒤 자유롭게 주제를 정해 주제 탐구 보고서를 작성하도록 했다. 이 모둠이 선택한 주제는 '합의된 성관계 후 고소를 당했을 때의 대처방안'이다. 아뿔싸, 이 책을 선정한 내 의도와는 전혀 다른 주제가 나와 버렸다. 억울하게 고소를 당한 남성의 입장에 서서 남성을 변호하는 책이라니. 이른바 '꽃뱀'이라는 이름으로 언론에 크게 보도되는 사례에 눈길이 간 탓이겠지. 그렇다고 아이들이 기껏 선정한 주제를 내 마음대로 바꾸자니 찝찝한 마음이 든다. 한 모둠원은 학습지에 주제 선정 이유를 작성하며 '책과 다른 관점에서 접근하는 신선한 방식이 마음에 든다.'라고 적었다.

아이들이 보고서를 작성하는 과정을 찬찬히 지켜본다. 언론에 보도된 이른바 '꽃뱀 사건'의 피해자 사례를 꾸준하게 조사한다. 그 결과 이 문제가 심각하다고 결론 내린다. 이 문제를 해결하기 위해 상대방과의 확실한 합의가 필요하다는 점을 주요 결론 중 하나로 내세운다. 이를 뒷받침하기 위해 주변 학생을 대상으로 설문조사를 실시한다. 그 결과 상대방과 암묵적인 동의가 아닌 명시적인 동의가 필요하다는 결론을 끌어낸다. 그 과정에서 물리적 증거를 수집하는 방안을 제안하기도 한다.

아이들은 억울하게 조사받을 때를 대비한 전략까지 보고서에 담았다. 둘 사이에서만 일어나는 일이므로 진술의 신빙성을 확보하는 것이 그 무엇보다 중요하다는 것이다. 둘 사이의 대화를 녹취하거나, 화기애애한 모습이 보이는 CCTV 증거를 수집하거나, 사건 초기에 변호사를 바로 선임해야 한다는 것들이다. 보고서를 읽으며 많은 생각이 오고 간다. 보고서의 주제와 내용을 바꿔 보라고 말을 건네야 할까? 이건 교육이 아닌 또 다른 강요에 불과하지 않을까? 많은 망설임 끝에 결국 내버려 두기로 한다.

보고서 전체 내용에서 아이들의 두려움이 느껴진다. 이성 교제를 하는 상황에서 억울하게 범죄 피의자가 되면 어쩌지, 라는 떨림이 가득해 보인다. 책에는 힘과 서열로 짜인 위계 관계에서 각종 성범죄로 고통받은 여성들의 목소리가 울려 퍼진다. 하지만 아이들이 쓴 보고서에는 그 목소리가 전혀 담기지 않았다. 아이들은 '자신은 권력을 지닌 남성이 아니며, 권력을 지녔다 하더라도 이런 일을 저지르지 않을 것이다.'라고 굳게 믿는 듯하다. 오히려 흔히 '악녀'로 상징되는 '나쁜 여자'에게 억울하게 당해 인생을 망칠지도 모른다는 두려움만을 호소한다. 아이들의 두려움은 사실일까? 2020년 한 연구 결과에 따르면 2017, 2018년에 성범죄로 처벌받은 인원은 8만 명에 달했지만, 성폭력 무고로 유죄를 받은 인원은 341명에 불과했다.28)

아이들이 보고서를 작성한 뒤 제출한 성찰일지가 인상적이다. 여성들의 목소리뿐 아니라 남성들의 목소리도 중요하다고 주장한다. 한 아이의 성찰일지에는 '펜스룰'에 대한 언급이 있었다. 자신은 앞으로 사회에서 '펜스룰'을 철저하게 지켜나갈 것이라는 다짐이었다. 펜스룰은 미국 마이크 펜스 부통령이 '아내가 아닌 다른 여성과는 저녁 식사를 하지 않으며, 아내의 동행 없이 술자리에 가지 않는다.'라고 말한 것에서 시작된 용어다. 그런데 한국에서는 의미가 조금 변질, 확장되었다. 사적, 공적 영역에서 여성을 배제하는 상황을 정당화하려는 논리로 사용되고는 한다. 그래서 어떤 회사는 여비서를 없애고, 일부 정치인은 여성 기자와의 식사 자리를 거부한다. 사회에 나가 펜스룰을 적극적으로 실천한다는 것은 무슨 의미일까. 묻고 싶었지만 그러지 못했다.

남자아이들에게는 여전히 남녀 차별이라는 말이 낯설다. 제도적, 문화적으로 오히려 자신들이 소외당하고 있다고 주장한다. 이른바 '역차별'이다. 여성의 고통에 귀 기울이자는 주장이 자신들이 처한 현실과는 너무나 다르게 느껴지는 이유다. 페미니즘에 대한 거부감이 본능적으로 높을 수밖에 없다. 이런 상황에서 권력형 성범죄를 이야기하는 책 내용이 그리 달갑지 않았으리라.

만약 내가 망설임 끝에 용기를 냈다면 조금은 달라졌을까? 독서일지에 밑줄을 긋고 보고서 형식을 다듬어주는 대신, 시간을 내서 보고서의 주제와 내용을 함께 이야기했다면 어땠을까? 아이들의 생각이 조금은 달라졌을까? 이토록 작고 사소한 용기를 가로막는 커다란 장벽이 무엇인지를 계속하게 고민하게 된다.

촉법소년요? 감옥에 보내야죠

설득하는 글쓰기 시간이다. 아이들에게 다양한 주제를 던져준다. 동물실험, 입시 제도 개선, 장애인 이동권 시위, 촉법소년 연령 하향까지. 학생들은 원하는 주제를 골라 글을 쓴다. 이번 설득하는 글쓰기의 핵심은 논증이다. 자신의 주장을 타당하게 펼치되, 다른 사람의 견해를 고려하는 것이 핵심이다. 상대방의 반론을 예측하고 이를 다시 반박하는 과정을 통해 자신의 생각을 정당화하는 과정을 경험하게 하는 것이다.

아무래도 학생들의 관심사는 자기 삶과 관련된 것들이다. 주로 입시 제도 개선, 촉법소년과 관련된 주제를 택한다. 특히 촉법소년 제도에 관심을 지닌 학생이 많다. 일부 촉법소년의 악행이 자극적인 뉴스 기사로 쏟아지던 때다. 인터넷 댓글 창은 분노의 목소리로 가득하다. 공분하며 일벌백계해야 한다는 목소리가 대다수다. 자연스레 아이들의 입에서도 험한 소리가 솟구쳐 나온다.

주제를 선택하면 본격적인 글쓰기 수업이 시작된다. 내용을 떠올리고, 수집한 자료를 비판적으로 평가하는 법을 알려준다. 출처가 명확한지, 내 주장과 관련성은 있는지, 편견과 고정관념으로 뒤덮인 것은 아닌지를 점검하도록 한다. 활용할 자료를 선별한 뒤엔 자료를 어떻게 배치하고 조직할지를 결정하도록 한다. 한 시간, 한 시간마다 글쓰기에 필요한 다양한 전략을 알려준다. 흰 여백을 까만 생각으로 채워나가는 모습을 볼 때면 늘 즐겁다.

기한에 맞춰 제출된 글을 한 편 한 편 읽어 본다. 고2답지 않은 성숙한 글들이 눈에 띈다. 놀라운 건 촉법소년 주제를 선택한 아이들의 글이 다 비슷비슷하다는 거다. 촉법소년의 연령을 하향하거나, 아예 이 제도를 폐지해야 된다는 날 선 주장이 가득하다. 촉법소년의 강력범죄가 나날이 늘고 있고, 우리 사회가 피해자의 고통에 무관심하며, 촉법소년임을 악용해 사회에 해악을 끼친다는 게 주요 논리다. 글을 읽다 보면 그런 것 같기도 하다. 나이에 상관없이 모든 학생을 강력하게 처벌해야 할 듯하다. 교화 대신 처벌로, 교육 대신 징벌로 이 모든 문제가 해결될 것만 같다.

아이들의 글엔 자신과 반대되는 입장을 살핀 내용도 포함되었다. 하지만 분량이 매우 적다. 상대방의 견해를 꼼꼼하게 살피지 않은 글들이 대다수다. 촉법소년과 관련된 글의 주제는 왜 이렇게 다들 비슷한 걸까? 왜 반대 입장에 대한 고려는 이토록 적은 걸까? 고민하고 또 고민하게 된다.

그러던 어느 날 서현숙의 《소년이 온다》를 읽었다. 소년원에 가서 아이들을 대상으로 국어 수업을 한 선생님의 이야기다. 아이들이 소년원에 온 이유는 가지각색이다. 가지각색의 사연에는 공통점이 있다. 제대로 된 보살핌을 받지 못했다는 것. 하나 같이 버림받거나, 관심을 받지 못한 아이들이다. 작가 서현숙은 1년 동안 그 아이들과 함께 수업한 내용을 담담하게 풀어 놓았다. 멀리서 보면 문제아일지 몰라도, 가까이서 보면 순수한 아이들에 불과하다는 점을 차분하게 이야기한다.

누군가의 뒤편에 자리한 어둠을 응시하는 일은 쉽지 않다. 특히 학교에 다니면서 또래 친구가 저지르는 나쁜 일을 직접 목격한 아이라면 그들에 대해 너그러운 마음을 갖기는 힘들 테다. 생각을 바꾸라는 게 아니라 다른 목소리도 있음을 알려주려면 어떻게 해야 할까? 고민하고 고민하다 결국 내가 그 반대 입장이 되어 보기로 한다. 다수의 목소리 앞에서 온전히 소수의 목소리를 내 보기로 한다. 너희의 생각과 다른 의견이 있음을 말해 보기로 한다.

촉법소년과 관련된 논란은 해마다 반복된다. 엄벌과 교화 사이에서 여론은 주로 엄벌을 선택한다. 그런데 정작 사회적으로 알려진 범죄 관련 전문가들은 하나 같이 연령 하향의 효용성이 없다고 말한다. 범죄심리학자 이수정, 프로

파일러 표창원, 호통 판사로 알려진 천종호을 비롯해 많은 전문가가 촉법소년의 연령을 하향하는 것은 아무런 효과가 없다고 일갈한다. 그럼 문제는 무엇일까? 바로 이 아이들을 제대로 교육할 기관이 부재하다는 점이다. 우선 소년원의 수용 인원이 턱없이 부족하다. 매년 6만 명의 아이가 소년 범죄를 저지르지만, 우리나라의 소년교도소와 소년원의 수용 가능한 인원은 5천 명에 불과하다. 심각한 범죄를 저지른 아이들을 수용해 교육할 시설이 부족하니, 잘못된 행동을 저질러도 보호관찰로 끝나기 일쑤다.

보호관찰 처분을 받은 아이들도 제대로 된 교육을 받지 못한다. 보호 관찰관이 담당하는 아이들의 숫자는 제대로 된 정서적 결연 맺기가 불가능할 정도다. 누구나 안다. 수용시설을 늘리고 보호관찰 인원을 늘리는 것이 결국 돈 문제라는 것을. 어떤 사람들은 갱생 불가능한 사람에게 국가의 막대한 예산을 쏟아붓는 것이 낭비라고 주장한다. 그런 사람들의 목소리 때문에 근본적인 해결책은 늘 밀려난다. 손쉬운 해결책은 돈을 들이지 않는 것이다. 나이에 상관없이 무조건 감옥에 보내겠다고, 엄벌하겠다고 으름장을 놓으면 지레 겁을 먹으리라는 생각이다. 과연 정말로 그럴까?

호통 판사로 유명한 천종호는 단언한다. 일반적인 소년 범죄의 80%는 학교 밖 청소년이 저지른다. 학교와 단절된 아이들의 범죄를 엄벌로 다스리면 이 아이들은 벼랑 끝으로 내몰리고 만다. 다시는 회복될 수 없으리라는 좌절감이 또 다른 범죄를 낳는다. 천종호 판사는 이런 생각으로 청소년 회복센터를 짓자고 이야기한다. 그가 제안한 청소년 회복센터는 전국의 3곳에 운영 중이다. 결국 청소년에게 따뜻한 돌봄과 교육을 제공하는 시스템을 확립하자는 이야기다. 이것이야말로 근본적인 해결책이 된다는 주장이다.

다음 학기 수업에서 아이들에게 넌지시 이런 이야기를 꺼낸다. 범죄와 관련된 전문가들이 청소년 범죄를 예방할 근본적인 방법으로 이런 걸 내세우고 있다며, 숨겨 둔 과자 꺼내듯이 슬며시 보여준다. 아이들이 늘 보던 험악한 댓글과는 다른 이야기다. 몇몇 아이들이 관심을 가지고 듣는다. 그중에는 교사를 꿈꾸는 아이들도 더러 있다. 아이들의 생각은 얼마나 바뀌었을까?

지난 학기와 달리 다른 입장을 지닌 글들이 드문드문 눈에 띈다. 그래봐야 한 반에 1, 2편이지만, 이 정도도 찾기 힘들었던 지난 학기를 생각하면 엄청난 변화다. 여전히 촉법소년에 대해 강경한 논리를 펼치는 글이 대다수지만, 글 안에 다른 견해에 대한 고려가 조금 더 세밀해졌음을 느낀다. 이 정도만 해도 성공이다.

학기 말 교원 능력 평가에 적힌 한 학생의 말이 인상적이다. '조금은 편향된 수업처럼 느껴지기도 했는데, 다른 목소리를 듣는 것 자체가 즐거운 경험이었어요. 감사합니다.' 급격하게 기울어진 한쪽의 무게를 조금이라도 덜어내는 게 내 역할이라고 생각해 본다. 같은 생각만 하며 살아가는 사람들의 세계는 얼마나 단조롭고 지루한가. '편향'처럼 느껴지더라도 다양한 삶의 목소리를 전달해주는 통로를 만드는 게 내 소명일 테다. 그것 자체로 우리의 삶이 한층 더 풍요로워질 수 있을 테다.

제 생기부 고쳐야 할까요?

생기부에는 정성이 들어간다. 학생의 말과 행동, 생각의 변화를 오롯이 기록하기 때문이다. 우연히 나눈 대화에서부터 꼼꼼하게 작성한 학습지까지. 모든 것이 생기부의 재료가 된다. 긴 시간 동안 노력했으니, 그 마음을 기록으로 되돌려 주는 게 당연할 테다. 오늘도 수업 장면 하나하나를 떠올린다. 다양하게 채색된 흔적을 세세하게 살핀다. 학생의 사유를 녹여 단단한 어휘와 문장으로 굳힌다. 어느 때보다 신중해지는 시간이다.

올해 학생들과 이주민, 청소년 임신, 동성애 등 다양한 삶이 담긴 소설을 읽었다. 같은 책을 읽은 친구들끼리 도서관과 강당에 옹기종기 모여 대화를 나누었다. 그리고 다같이 한 편의 보고서를 작성했다. 파편처럼 흩어진 대화의 조각을 모아 소주제를 만들고, 그 안에 생생한 대화를 담아냈다.

한 모둠에서 청소년 소설인 《내가 사랑했든 누나가 사랑했든》을 택했다. 누나와 동시에 같은 남자를 사랑하게 된 남자 고등학생의 이야기다. 청소년기에 흔히 겪을 법한 정체성의 혼란을 유쾌하게 그려냈다. 하지만 그 안에 진중함이 있다. 가볍지만 무겁게 사랑의 본질을 정확하게 꿰뚫는다.

보고서의 내용이 인상적이다. 이성애와 동성애를 온도에 따라 달라지는 물로 정의했다. 물은 얼음이 되기도 하고, 어느 순간 다시 물이 되기도 한다. 하지만 $H2O$인 것은 변함이 없다. 겉으로 드러나는 형태는 달라도 본질은 달라질 수 없다는 주장이다. 그러니 다름 때문에 발생하는 차별은 아무런 의미가 없다는 것이다. 달라 보여도 같은 것이니 싫어하고 미워할 필요가 없다는 것이다. 논리적으로 타당한 주장이다.

보고서 내용을 내 언어로 의미 있게 조직하기 시작한다. 1,500바이트 안에 수업의 흐름과 핵심을 압축하는 일은 쉽지 않다. 흘리고 놓치는 내용이 있을까 봐 꼼꼼하게 점검한다. 그런데 문득 두렵다. 내가 작성한 생기부 내용을 남들도 좋다고 생각할까? 만약 입학사정관이 기독교인이라면, 동성애를 혐오하는 사람이라면 어쩌지? 이 기록 속 아이의 생각이 있는 그대로 전달될 수 있을까? 혹시나 내 언어가 이 아이에게 피해를 끼치지나 않을까 걱정된다.

'다양성'을 주제로 실시한 한 학기 한 권 읽기 활동에서 '동성애'를 주제로 한 《누나가 사랑했든 내가 사랑했든》 책을 선택하여 자신의 감상, 생각을 논리적으로 정리함. 이어 〈책을 주제로 대화하기〉 활동에서 작품 의미 구성에 능동적으로 참여함. 이후 〈책을 주제로 대화하기〉 결과 보고서 작성에 참여하여 '편집

(리더)' 역할을 맡아 전체 내용을 통일성 있게 간추리고, 적절한 소주제를 활용해 체계적으로 구조화함. 이후 보고서에서 국어사전에 정의된 '사랑'의 의미를 비판적으로 분석하고, 기존 군형법의 법리적 문제점을 지적함. 이어 동성애 반대 시위의 논리적 모순을 실증적으로 반박하고, 동성애 차별을 '다수 권력'의 횡포로 규정하여 이를 성차별, 인종차별, 장애인차별과 동일한 논리 선상에서 해석함. 보고서 말미에 이성애와 동성애를 온도에 따라 달라지는 물질의 상태로 비유하여, 정상과 비정상이란 존재하지 않으며, 현상에 내포된 불변하는 본질에 주목해야 한다는 견해를 설득력 있게 제시하는 등 작품 속 주제를 현실과 연결 지어 논리적으로 분석, 해석하는 능력이 타의 추종을 불허함. 이를 통해 소수자의 삶에 대한 깊이 있는 통찰력과 성숙한 시각을 표현함.

생각을 거듭하다 국어 교사 커뮤니티에 글을 올린다. 생기부 내용을 그대로 올린 뒤, 고민을 덧붙인다. 동료 교사들의 반응은 가지각색이다. 아무렇지 않다는 교사부터, 문제가 심각할 수 있으니 고쳐야 된다는 견해까지. 어찌 되었든 의도를 살리되 추상적으로 바꾸는 게 좋겠다는 의견이 좀 더 많은 듯하다.

그래도 제일 중요한 건 학생의 의사다. 생기부 내용을 보여주고 생각을 묻는다. 혹시나 발생할 수 있는 이런저런 상황을 설명한다. 너의 능력이 아닌 다른 요소로 잘못된 평가를 받을지도 모른다는 두려움을 솔직하게 고백한다. 카톡을 읽었지만 답장이 없다. 한 시간이 지났을까. 오히려 나에게 되묻는다. "선생님, 어떻게 하면 좋을까요?" 나도 생각에 빠져든다. 고치자니 내 수업을 스스로 깎아내리는 듯하다. 그렇다고 유지하자니 학생에게 피해를 줄 것만 같다. 수정 전, 후 버전을 보며 고민에 고민을 거듭한다. 결국 고치기로 결정한다.

고친 생기부 내용에는 껍데기만 남았다. 사유가 증발하면서 구체성이 휘발되었다. 차별과 혐오에 대한 학생의 치밀한 사유를 담는 데 실패한 것이다. 그즈음 페미니즘 관련 내용을 생기부에서 빼달라는 학생들의 요구가 있다는 뉴스 기사가 떠오른다. 논란이 될 법한 내용은 알아서 제외하겠다는 거다. 이렇듯 차별과 혐오는 무엇보다 자기 검열을 하게 만든다. 자신의 목소리를 숨기고 감추게 한다. 취향과 선호만으로 나쁘게 판단 받을지도 모른다는 두려움이 삶을 힘겹게 한다.

푸코의 말처럼 자기 검열은 '잔인한 철창'에 갇혀 발생하는 것일지도 모른다. 교사는 정치적 중립을 지켜야 한다는 요구를 받는다. 이 말이 사회에 대한 목소리를 내지 말라는 경고처럼 들리기도 한다. 문제가 생기면 오롯이 책임을 져야 한다. 결국 피해를 보는 건 학생이다. 이렇듯 누군가 감시하고 있으리라는 막연한 공포가 나를 움츠러들게 한다. 촘촘한 감시망에서 잘못이 발각되면 처벌을 받으리라는 두려움이 원하는 수업을 가로막는다. 다채로운 생각과 사상을 깨끗하게 표백하면 모든 게 괜찮아질까?

별 탈 없이 지금도 다양성 수업을 하는 걸 보면 신념이 꺾이지는 않았나 보다. 고민하고 서성거리면서도 조금씩 앞으로 나아가는 나를 응원해 본다. 흔들려 넘어져도 별거 아니라며 툴툴 털고 일어나는 나를 상상한다. 그래도 세상은 알록달록한 수채화처럼 그려져야 할 테다. 오늘도 그 그림에 작은 색채 하나를 더한다.

《난쏘공》과 테슬라 사이에서

돈, 돈, 돈이 문제였던 시대

"애들아, 이번 수학여행은 취소되었어." 1998년, 나는
초등학교 6학년이었다. 수학여행이 취소되었다는 담임 선
생님의 말에 아이들의 반응은 갈기갈기 찢어졌다. 그때에
도 소위 목소리 큰 아이들이 있기 마련이었다. 대체 왜 못
가는지 이해가 안 간다는 목소리가 울려 퍼져 날카롭게 귀
에 박혔다. 난 조용히 침묵했다. 열세 살은 IMF를 알 만한
나이는 아니었지만, 가정 형편은 알 나이였다. 기업 부도,

정리 해고 같은 뉴스는 딴 세상 얘기였지만, 집안을 책임지는 엄마의 한숨은 내가 품어야 할 작은 세계였다.

당시 한스밴드의 〈오락실〉이라는 노래가 꽤 유행했다. 출근한 척 가족을 속이는 아버지의 이야기가 가벼운 멜로디에 얹혀 울려 퍼지곤 했다. 유쾌하고 발랄한 멜로디에 얹힌 슬픈 노래 가사는 문학 시간에 배웠던 아이러니, 그 자체였다. 돈 때문에 자살하는 사람들이 넘쳐났지만 돈 때문에 힘겨운 사람들의 슬픔이 대수롭지 않게 소비되던 시대에, 우리는 살았다. 당시 IMF 경제 위기 극복을 외치며 당선된 대통령은 무너진 사회 안전망 회복을 강조했고, 국민연금은 그 일환이었다. 하지만 당시 구청 공무원의 국민연금 가입 권유 전화를 받고 화를 내던 엄마의 목소리가 아직도 생생하다.

"지금 먹고 죽을 돈도 없는데, 살아 있을지도 모를 20년 뒤를 생각하면서 무슨 돈을 내란 말이에요?"

그랬다. 지금, 당장의 먹을거리가 생존의 문제로 여겨지던 시대에, 나는 살았다. 매일 챙겨 가야 하는 점심 도시락의 메뉴가, 소풍에 입고 갈 옷이 하루하루의 중차대한 문제였다. 그래도 견딜 만했다. 나는 하루에 몇백 원으로도 충분히 즐거운 하루를 살아갈 수 있는, 씀씀이가 작은 어린아이였으니까. 그러나 매일 밤 커피포트를 들고 광안리 바닷가에 나가 커피를 팔며 생계를 유지하던, 돈을 벌기 위해 아등바등하며 살던 엄마의 모습은 잊히지 않는 슬픔이었다. 국어 수업 시간에 배운 기형도의 〈엄마 걱정〉 속 '찬밥처럼 방에 담긴' 화자는 바로 나였다. '배춧잎 같은 발소리를 타박타박' 내며 새벽에 집으로 돌아오는 화자의 엄마는 바로 우리 엄마의 모습이었다. 그렇게 가난과 빈곤에 힘겨운 사람이 많았음을, 그들의 절박한 슬픔을, 나는 어린 나이에 알았다.

가난과 빈곤, 애정과 연대를 가르치던 시대

수업에는 교사의 철학이 녹아들기 마련이다. 내 수업은 자연스레 변두리를 살아가는 사람들이 남긴 혼적을 비추는 시간이 되었다. 수업을 하며 가난과 빈곤, 애정과 연대를 이야기했다. 〈흥부전〉을 수업하며 지배층의 횡포에 시달렸던 가난한 민중의 삶을, 〈운수 좋은 날〉을 수업하며 일제 강점기에 우리 민족이 겪었던 빈곤을 가르쳤다. 《비 오는 날》을 가르치며 한국 전쟁 이후 우리 부모 세대가 겪었던 처절한 가난을, 《난장이가 쏘아올린 작은 공》을 가르치며 산업화 시대의 그늘에 가려진 빈자의 슬픔을 가르쳤다. 경쟁에서 뒤처진 약자들에 대한 애정과 성장과 발전이라는 장밋빛 전망에 희생된 타자와의 연대는 내가 수업 시간에 가장 자주 다루는 주제였다.

아이러니하게도 변두리의 삶을 주제로 수업을 꾸리던 시기는 보수 정권이 집권했던 지난 10년(2007~2016년)이었다. 그래서 교실 속 수업을 시대, 현실과 연결해 풀어내기 쉬웠다. 《난장이가 쏘아올린 작은 공》을 가르치며 용산 재개발 참사와 뉴타운 열풍에 가려진 자본의 탐욕을 이야기했고, 감세와 의료 민영화가 이야기되던 시대에 소득 재분배와 사회 안전망의 가치를 이야기하는 독서 지문을 읽을 수 있었다. 갭 투자를 통해 300채의 집을 굴리는 투자자의 무용담이 떠돌던 시대에는 학생들과 주거 안전을 주제로 토론하곤 했다.

2012년 대선에서 진보든 보수든 부의 공정한 분배를 주장했고, 이 같은 논의가 자연스레 경제 민주화 담론으로 이어졌다. 2014년, 피케티의 《21세기 자본》이 출간되면서, 과도한 자본 소득의 문제가 다시 한번 떠오르기 시작했다. 당시에도 자본 소득은 노동 소득을 압도했고, 부총리 겸 기획재정부 장관은 빚을 내서 집을 사라고 했다. 그래도 당시 우리 사회는 신자유주의의 대안, 구조적 불평등을 해소할 제도와 시스템을 마련하는 데 관심을 기울였다. 적어도 교실 속 공간만큼은 돈이 지배하는 공간이 아니었다. 자본주의의 거센 파도로부터 그 공간만큼은 지켜 낼 힘이 있었다.

"선생님, 테슬라 주식 사세요."

그런데 세상이 달라졌다. 부동산을 투자가 아닌 주거의 수단으로 바라보던 문재인 정부의 선한 의도와 각종 규제가 역효과를 낳았다. 부동산 가격은 폭등했고, 언론은 비난했다. 노무현 정부 당시 상황의 복사판이었다. 주거 안전성을 위해 도입한 '임대차 3법'이 오히려 서민을 힘들게 만들었다는 언론의 질타가 이어졌다. 2020년, 상상하지도 못했던 전염병의 유행으로 주식과 가상 화폐 시장이 폭주했다. 각종 금융, 재테크 주제로 책들이 쏟아져 나오고 관련한 유튜브 채널이 흥행했다. '파이어족(Financial Independence, Retire Early+族)'이라는 말이 등장했다. 노동 소득이 아닌 자본 소득을 축적해 일찍 은퇴를 이루는 것이 성공한 인생으로 취급받았다.

덩달아 학교에서 배울 수 없는 각종 경제교육이 강조되면서 학교 교육의 무용성을 이야기하는 사람이 늘었다. 현실에서 바로 써먹을 수 있는 교육, 투자와 재테크 교육을 강조해야 한다는 목소리가 심심치 않게 들렸다. 곧이어 아이들에게 주식을 사 줘야 한다는 유명 증권 회사 대표의 말이 명언처럼 소비됐고, 10대 학생에게 자본주의 시대를 살아가는 현명한 방법을 가르친다는 경제 예능이 화제가 되었다. 초등학생 아이들에게 경제교육을 하는 한 초등학교 교사는 유튜브에서 참 교사의 모범으로 떠올랐다.

어느덧 경제 민주화, 소득 재분배, 유럽형 복지 국가로의 전환과 같은 사회적 어젠다는 저 멀리 사라져 버렸다. 대신 '파이프라인', '경제적 자유'와 같은 신조어가 등장했다. 사람들은 육체노동과 직접 노동보다 무형의 자산이 벌어들이는 소득에 집중하기 시작했고, 언론에서는 일찍이 은퇴한 20~40대 젊은이들의 투자 사례를 미담처럼 쏟아냈다. 이제 절대적 가난과 빈곤은 그 누구의 관심사도 아니었다. 대신 상대적 박탈감이라는 용어가 유행하기 시작했다. 마지막 자산 상승의 사다리를 놓쳐 버린 청년 세대의 박탈감을 강조하는 '벼락 거지'라는 신조어마저 생겨났다. 인플레이션의 시대에 제대로 된 기회를 잡아야 자산을 급상승시킬 수 있다는 이야기가 교훈처럼 울려 퍼졌다.

자연스레 교실 속 학생들의 관심사도 달라졌다. 돈 공부를 하지 않는 개인의 나태함과 어리석음이 의문과 비난의 대상이 되었다. 점점 가난과 빈곤이 개인의 책임처럼 여겨지기 시작했다. 어느 날 한 아이가 쉬는 시간에 다가와 나에게 비트코인과 테슬라 주식을 샀냐고 질문했다. 선생님도 비트코인과 테슬라 주식을 사면 부자가 될 수 있고, 빨리 은퇴해 파이어족이 될 수 있다는 이야기를 덧붙였다. 학교에서 학생들과 씨름하며 힘들게 노동하지 않아도 된다는 학생 나름의 걱정이었다. 변하는 학생들의 이야기는 곳곳에서 들려왔다. 한 교사의 이야기를 블로그를 통해 접한 것도 그쯤이었다.

조세희의 《난장이가 쏘아올린 작은 공》을 소재로 수업한 뒤 학생들과 토론 수업을 진행하는데, 한 모둠의 학생들이 개발업자에게 속아 입주권을 시세의 반도 안 되는 가격으로 판 '난장이' 가족을 향해 '시세를 파악하지 못한 난장이 가족이 어리석다.', '난장이 가족이 잘못했다.' 등의 이야기를 했다는 것이다. 재개발 지역의 원주민들이 20%도 채 정착하지 못하는 현실, 거대한 투기 세력의 탐욕은 학생들의 토론에서 자리매김하기 힘든 주제가 되어 버렸다.

2014년 피케티가 분석하고 예견했던 역사적 현상이 다시금 반복된 것은 놀랍지 않은 현실이었다. 국민 소득 중 자본 소득이 차지하는 비중이 클수록 소득 분배 상태가 악화한다는 현실은 코로나 이후 다시 한번 증명되었다. 그러나 언론은 늘어 가는 자본 소득의 비중과 불평등한 분배 상태의 강력한 상관관계에 귀 기울이지 않았다. 우리가 이 불평등에 적극적으로 대응하지 않는 이상, 과도한 부의 대물림 즉, 세습 자본주의(patrimonial capitalism)를 피할 수 없음에도 대다수 언론은 지난 정부의 과도한 세금 문제를 지적했다. 이제 세금은 무조건 적게 낼수록 좋은 것이 되어 버렸다.

많은 사람이 국민연금을 비난한다. 제대로 돌려받지 못할 돈이라는 이유에서다. 그 돈을 시장 상품에 투자하면 더 많은 수익을 얻을 수 있다고 주장하기도 한다. 이 과정에서 국민연금의 소득 재분배 기능은, 사회적 약자에 대한 배려는 알 바가 아니다. 이렇듯 개인의 노후는 중요하지만, 사회적 약자의 노후는 관심 밖이 되어 버렸다. 공동체의 안전을 지킬 울타리가 아닌 각자도생의 유용함을 외치는 시대. 노동과 세금은 무가치한 것으로, 내 직장과 직업은 잠시 거쳐 가는 정류장으로 여겨지는 시대의 미래는 과연 어떠할까. 그리고 지금 우리는 이 같은 현실에서 무엇을 가르칠 수 있고 가르쳐야만 하는 것일까.

자기모순의 함정

"월급만으로는 노후를 보장할 수 없다.", "경제적 자유를 실현해야 한다.", "불로 소득으로 현금 흐름을 만들어라.", "부동산과 주식은 계층 사다리를 오르는 유일한 방법이다."

주변 친구들과 각종 언론, 유튜브에서 나오는 소리에 귀를 기울이니 난 재테크 책의 정석이라는 《부자 아빠 가난한 아빠》에 나오는 '가난한 아빠'의 전형이었다. 다들 내가 옳다고 믿었던 신념이 가난으로 가는 길이라고 이야기하고 있었다. 돈을 버는 방법이 아닌, 노동의 가치와 사회적 약자에 대한 연민을 가르쳐야 한다고 생각한 나였다. 유년 시절의 슬픔을 기억하며, 레비나스의 말처럼 '타자의 얼굴'

을 봐야 한다고 나긋이 이야기하던 나였다. 그러나 모두가 입을 모아 말했다. "자신의 노동만을 지켜 가는 사람은 결국 가난을 피하지 못한다.", "세금은 최대한 덜 내야 한다.", "돈에 대해 가르치지 않는 학교 교육은 무용하다". 어느 정도 공감이 가면서도, 가지 않았다. 아니 공감하기가 싫었다. 고도성장의 길을 걸어온 윗세대와 내가 걸어가야 할 길이 다르다는 것을 알면서도, 저축만으로 안락한 삶을 보장받을 수 없음을 알면서도, 애써 외면하고 싶었다.

그러나 자본주의의 거센 파도를 견딜 만큼 내 자아는 견고하지 못했다. 뉴스로만 접하는, 폭등하는 누군가의 자산을 바라보며 벼락 거지가 될까 무서웠고, 비혼의 삶을 선택한 내가 마주할 잿빛 미래의 잔상이 나를 괴롭혔다. 성실한 노동만으로는 이 싸움에서 버티지 못해 쓰러질 것 같다는 두려움이 엄습했다. 흘러간 시간을 보상받는 유일한 방법은 내 신념과 철학을 버리고 순순히 자본의 법칙에 따르는 것이라 판단했다.

2021년 8월, 나는 세금을 내지 않아 국가에 압수된 한 재개발 지역의 빌라를 낙찰받았다. 그 이후 주택 담보 대출을 받기 위해 수많은 은행을 돌아다니며 상담을 받았다. 주민 등록 등본을 비롯한 각종 서류를 몇 번이나 출력했는지 모른다. 가는 은행마다 나처럼 대출을 받으려는 사람들이 붐볐다. 내 기다림에는 탐욕의 냄새가 짙게 배어 있었다. 누군가의 절박함과 누군가의 탐욕이 뱉어내는 냄새들이 어지럽게 뒤섞인 공간에서, 난 내 순서를 놓치지 않으려 대기 번호표를 힘껏 움켜쥐었다. 이 표가 실체를 알 수 없는 불안과 두려움에서 벗어날 유일한 승차권처럼 여겨졌다. 이 열차를 놓쳐서는 안 된다는 절박함, 이 절박함이 나를, 나의 신념을, 나의 존재를 부정하게 만든 것이다.

재테크 교육이 아닌, 노동 인권 교육을
부자가 되는 방법이 아닌, 가려진 타자와의 연대를

한동안 자기모순, 자기 부정이라고 할 법한 내 행동에 스스로 많이 힘들고 괴로웠다. 법을 위반한 것도, 윤리적으로 어긋난 행동을 한 것도 아니었다. 그러나 존재와 신념이 일치해야 한다고 믿으며 살았던 내게, 자본주의의 거센 외풍에 힘없이 쓰러진 내 존재가 우습게 느껴지기도 했다. 그러나 부서지고 망가지는 삶 속에서라도 최소한의 품격을 지키는 삶을 살자고 다짐했다. 그렇게 지난 선택을 합리화했다. 어쩔 수 없이 돈을 향해 나아가는 삶이라 할지라도, 놓쳐서는 안 될 가치가 있음을 스스로 되새겨야 한다고, 그리고 가르쳐야만 한다고 다짐했다.

나는 지난 2년 동안 학생들과 다양성(diversity)을 주제로 학기당 한 권의 책을 읽었다. '한 학기 한 권 읽기'라는 이름으로 붙여진 이 독서 활동에서 학생들은 원하는 책을 선정할 수도 있다. 하지만 난 그러지 않았다. 다수의 삶에 가려진 주변의 삶에 주목하고자 했다. 자본 논리와 성장 담론에 가려진 흔적들을 살펴보고자 했다. 장애, 비혼, 성소수자, 학교폭력, 학업 중단, 가난과 노동과 관련된 다양한 책을 미리 읽고 나만의 도서 목록을 만들었다. 특히 학생들에게 울타리 없는 자본주의의 광풍에 열광하는 지금 이 시대에, 여전히 우리를 힘겹게 하는 가난과 노동에 주목하자고 말했다.

　이 활동에서 같은 책을 선택한 학생들이 하나의 모둠이 된다. 6시간 동안 수업 시간에 책을 읽고, 매시간 독서일지를 쓴다. 책을 읽으며 인상 깊은 내용과 궁금했던 점을 기록하고, 이를 중심으로 2시간가량 대화를 나눈다. 이후 보고서를 쓴다. 한 모둠은 김만권의 《새로운 가난이 온다》을 읽고 '클라우드 노동', '컨시어지 노동', '플랫폼 노동'과 같은 4차 산업 혁명 시대의 새로운 노동 환경에 놓인 노동자의 삶을 읽고, 충분한 삶의 질을 보장해 주지 못하는 우리의 노동 현실을 걱정했다. 박정훈의 《배달의 민족은 배달하지 않는다》를 읽은 모둠은 AI 알고리즘의 명령에 따라 분, 초 단위로 노동하며 위태로운 환경 속에서 매 순간 산업 재해의 위기에 처하는 플랫폼 노동자들의 실태를 깨달았다. 이 모둠은 배달 노동자의 단체 카톡방에 들어가 그들의 노동 현실을 잠시나마 들여다보고 인터뷰한 뒤 개선방안을 보고서로 작성했다. 한 모둠은 조기현의 《아빠의 아빠가 됐다》를 읽고, 치매에 걸린 아버지를 9년 동안 돌본 한 아들의 기록을 통해 복지 사각지대의 실태를, 돌봄을 개인의 책임으로만 전가하는 사회의 단면을 알게 되었다. 이 모둠은 기초 생활 수급자의 부양 의무자 제도의 허점을 지적하는 보고서를 쓰며 국가의 역할과 책임을 인식했다. 그렇게 어디에든 존재하지만, 어둡게 가려진 삶을 살피고 기록했다.

많은 전문가가 4차 산업 혁명으로 노동 없는 사회가 도래할 것이라 이야기한다. 그러나 여전히 우리의 노동은 심각한 위기에 처해 있으며, 이 위기를 극복하려는 노력은 부족하다. 현장 실습을 나가는 특성화 고등학교 학생들의 죽음은 여전히 이어지지만, 학생들은 학교에서 여전히 '성공적인 직업생활'이라는 과목을 배울 뿐 자신을 둘러싼 위태로운 노동 현실을 배우지 못한다. 일반계 고등학교 학생들도 마찬가지다. 대다수 학생이 아르바이트를 비롯해 성인이 되자마자 작고 큰 노동을 하며 살아가지만, 졸업하기 전 한두 시간의 노동 인권 교육을 듣는 것이 노동 관련 교육의 전부다. 그러니 대다수 학생이 노동의 과정에서 자신의 권리를 지키는 법을 알지 못한다.

아이들이 마주할 현실은 여전히 위태롭기만 하다. 「중대
재해처벌법」이 도입되었지만, 다수 노동자의 노동 현장은
여전히 위험하다. 우리나라 노조 조직률이 26년 만에 최고
치를 기록했다지만, 여전히 OECD 국가 중에서는 중하위
권에 속한다. 뉴스에서는 매일 코스피 지수와 경제 성장률
같은 거시 지표를 이야기하며 국가의 부를 강조하지만, 국
가의 부에 기여한 다수 노동자의 삶은 계속해서 흔들리고
있다. 언론은 성공적인 노후를 위한 투자와 재테크를 강조
하지만, 압도적인 노인 빈곤율과 자살률, 복지 사각지대와
노동 문제에 대해서는 무관심하다. 이처럼 모든 것이 개인
의 책임이 되어 가는 현실에서, 국가의 역할을 요구하는 주
장은 나태와 게으름으로 취급받곤 한다.

누군가는 이 같은 목소리가 공허한 울림과 같다고 이야
기할지도 모르겠다. 자본주의 시대에 걸맞은 교육의 모습
이란 플랫폼 기업의 성장 가능성에 주목하며 재무제표를
읽는 법을 가르치는 것이라고 할지도 모른다. 성장 가치가
있는 기업의 주식에 투자하는 안목을 쌓고, 이를 통해 경

제를 바라보는 시야를 넓혀야 한다고 이야기할지도 모른다. 이른바 경제교육의 외피를 둘러싼 재테크 교육의 모습이다. 그러나 교육의 본질을 당장의 '쓸모 있음'에서 찾는 목소리에서 공허함을 느끼는 건 무엇 때문일까. '돈 되는 교육'과 '돈을 위한 교육'이 교육의 지향점이 되어 가는 현실에 안타까움을 느끼는 건 왜일까. 우리가 살아갈 교실 밖 삶은 여전히 냉정하고 엄혹한데, 수치와 그래프로 움직이는 경제를 읽고 이해하면 우리 삶은 과연 행복해질까.

모든 사람이 부자가 될 수는 없다. 누군가는 반드시 실패한다. 그렇게 무한 경쟁을 하는 승자 독식의 사회에서 상처받고 탈락하는 사람들이 존재하기 마련이다. 그러니 우리에겐 든든한 울타리가 필요하다. 그렇게 다시 한번 일어날 기회를 얻어야만 한다. 누구든지 성공할 수 있고, 누구든지 실패할 수 있으니 서로의 존재에 관심을 기울여야만 한다. 부를 향해 질주하는 삶 대신, 서로를 돌보는 건강한 공동체를 만들어야만 한다. 교실 속 공간만큼은 자본의 논리를 넘어 서로를 지탱하는 든든한 버팀목이 되어야 한다.

야수의 속성을 지닌 자본주의로부터 인간다운 삶을 지키는 것. 이것이야말로 내가 가르치고 싶은 전부다.

우아하게 약자를 혐오하는 시대

학교를 옮기면서 〈화법과 작문〉 과목을 맡게 되었다. 처음엔 말하고 쓰는 과목을 어떤 내용으로 채워야 할지가 고민이었다. 교과서에는 검열을 통과한 교육적인 제재가 수두룩했다. 잠시나마 드론 규제 완화, 의무 투표제와 같은 안전하고 무난한 소재에 내 존재를 가려볼까도 생각했다. 그런데 그렇게 할 수 없었다. 차별과 혐오의 시대에 너와 나를, 우리를 지키는 방법을 알려주고 싶었다. 숨기고 숨겨 뒀던 소수자성을 다시 꺼내 들었다. 당시 나에게 큰 용기를 준 작가는 홍승은이었다. 수업 자료를 준비하며 우연히 읽게 된《당신이 글을 쓰면 좋겠습니다》의 한 챕터가 나에게 새로운 수업을 시작할 수 있는 힘이 되었던 것이다.

홍승은은 좋은 글을 판단하는 기준을 명확하게 정의한다. 글의 가치는 존재를 얼마나 입체적으로 증명하느냐로 결정된다는 것이다. 고유한 존재를 납작하게 만들지 않는 글이야말로 읽고 쓸 만한 가치가 있다는 것이다. 고정관념과 편견을 재생산하지 않으면서, 고유한 개개인을 하나의 덩어리로 뭉개지 않는 글. 나는 이 책을 통해 '강요된 평화가 아닌 정직한 불화'를 위해 계속해서 읽고 쓰는 사람이 되어야겠다고 다짐했다. 매끄러운 평탄면처럼 보이는 세상에 수많은 굴곡이 존재함을 알리는 일이 내 소명임을 확신했다.

용기를 가지고 단원을 재구성했다. 토론과 설득하는 글쓰기를 연계해 4주 동안의 긴 수업을 준비했다. 시작은 교과서 학습활동에 실린 '노키즈 존에 반대하는 글'이었다. 해당 글을 읽기 전 학생들에게 노키즈 존에 대한 생각을 물었다. 아이들의 반응은 놀라웠다. 과반수가 노키즈 존에

찬성하는 것이 아닌가. 아이들에게는 나이라는 기준으로 행해지는 불합리한 차별보다, 쾌적한 공간을 소비할 권리가 우선인 듯했다. 그런 아이들의 생각을 조금이나마 바꿔 보고자, 노키즈 존에 반대하는 기사를 비롯해 감동적인 글 몇 편을 함께 읽었다.

이어 다양한 글쓰기 주제를 던져 주며 수업을 확장해 나갔다. 촉법소년 연령 인하, 여성가족부 폐지, 차별금지법 제정, 지하철 노인 무임승차 제도 폐지, 장애인 이동권 보장 등등. 마음에 드는 주제를 골라 자신들의 생각을 펼쳐 보라고 말했다. 그런데 학생들의 다양한 생각을 존중하고 싶다는 마음과 동시에, 내 신념과 다른 글들이 솟구쳐 나올까 봐 걱정됐다. 우려는 현실이었다. 학생들은 자신의 과거와 현재, 미래를 쉽게 부정하는 글들을 쉽게 써 내려갔다. 자신들과 다르다고 생각되는 아이들에 대한 증오 또한 과감하게 내뱉었다. 자신의 유년 시절과 달리 시끄럽게 떠드는 아이들을, 자신과 다르게 범죄를 저지르는 아이들을 특정 공간에서 배제하고 강력하게 처벌하는 것이 당연하다고 생각했다. 아이들은 자신들이 마주할 미래도 싫어했다. 지하철 노인 무임승차 제도는 몇천억의 적자를 내는 불필요한 복지제도에 불과하다는 주장이 담긴 글을 읽으며, OECD 국가 중 노인 빈곤율 1위, 노인 자살률 1위와 같은 암울한 통계 수치가 수천억 원이라는 적자에 가려지는 어두운 현실을 마주했다. 여성가족부 폐지 논란도 마찬가지다. 여성가족부가 18개의 행정 부처 중 가장 적은 예산을 쓰며, 부서로서의 고유 권한이 적은 것은 역설적으로 성차별의 결과이자 극복해야 할 현실이지만, 학생들에게는 여성가족부의 쓸모없음과 예산 낭비를 증명하는 근거가 돼버리고 말았던 것이다.

갈라치기와 구분 짓기

장애인 이동권 보장 문제를 글쓰기 주제에 포함한 건 올해 초 논란이 되었던 이준석 대표의 발언 때문이었다. 우리 사회에 만연한 약자에 대한 혐오와 분노, 그 감정을 정치적으로 이용해 흔히 말하는 갈리치기를 하는 엘리트 정치인의 모습을 보며 두려움을 느꼈다. 장애인들의 외침을 타인의 고통쯤으로 여기는, 너와 나는 다르다는 식의 구별 짓기로 접근하는 사람들의 댓글을 읽으며, 말할 수 없는 슬픔을 느꼈다. 사실상 장애인 이동권과 관련된 주제는 찬반을 생각하고 제시한 것이 아니었다. 그 논제를 선택한 학생 대다수가 장애인 이동권 문제를 정치 쟁점화한 한 정치인의 오만과 독선을 날카롭게 비판하리라 생각했다.

그러나 그것은 착각이었다. 학생들은 장애인의 보편적 이동권과 출근을 하는 시민의 불편을 양자택일의 문제로 접근했다. 하루에 몇십만 명이나 타는 지하철이 단 2, 30대의 휠체어 때문에 몇 시간 지연된다면, 그것은 시민과 장애인을 대립 구도로 만든 시스템의 잘못일 텐데도 몇몇 학생은 출근길에 고통받는 시민의 편에 섰다. 9시에 출근해 6시에 퇴근하는 이른바 정상 직장인의 삶이 본인들이 다가갈 확률적인 근사치에 가까운 삶이라 생각했을지도 모르겠다. 그렇게 평균을 향해 가는 우리의 삶이 타인을, 약자를 배척하는 세상을 학생의 글을 통해 마주했다.

글은 전장연(전국 장애인 차별 철폐 연대)의 시위로 할머니의 임종을 지키지 못한 한 시민의 절규로 시작된다. 이어 집에 있는 자녀를 걱정하는 엄마의 한숨으로 연결된다. 시민의 불편을 담보로 자신들의 이익을 추구하는 전장연을 '약자'라는 가면 속에 숨겨진 '악인'으로 규정한다. 글에서 '이동권'을 보장받기 위해 타인의 '슬픔'을 무시하는 전장연은 갈등과 혐오를 유발하는 이기적인 단체가 되어 버린 것이다.

당혹스러웠다. 수업 시간에 설득하는 글쓰기를 가르치면서 강조했던 모든 전략이 적절히 활용된 글이었다. 수치와 통계, 전문가의 견해로 무장해 상대방을 이성적으로만 설득하려 하지 말고, 독자의 정서와 감정을 적절히 자극하며 감성적으로 접근하라는 것, 주장은 반드시 논증해야 하며, 이 과정에서 상대방의 반론을 정확히 예측해 이를 적절하게 반박해야만 글의 설득력이 높아진다는 것, 비유법, 설의법, 이중부정과 같은 다양한 표현법을 사용하라는 것. 문제해결 구조를 사용해 원인을 분석하고 그에 대한 해결책을 내놓으라는 것 등등. 이 글은 내가 만든 채점 기준표에서 단 1점도 감점이 되지 않을 만큼의 기술적으로 완벽하고 훌륭한 글이었다. 그래서 고민했다. '내가 이 학생의 글에 100점이라는 점수를 부여한다면, 과연 난 무엇을 가르칠 수 있을까, 혹은 가르치는 것이 가능이나 할까?'

곧이어 박경석 전장연 대표와 당시 여당 대표였던 이준석의 100분 토론이 생각났다. 우려했던 것과는 달리 토론 내용은 좋았다. 장애인 이동권과 더불어 장애인과 관련된 다양한 복지 문제를 공론화시켰기 때문이다. 혐오로 촉발된 토론이라는 점이 아쉬웠지만, 이렇게라도 비장애인들의 관심을 끌 수 있다는 것이 다행이다 싶었다. 하지만 말끔하게 양복을 차려입은 이준석이 유려한 말솜씨로 휠체어를 탄 전장연 대표를 내려다보며 토론하는 모습은 나에게 여전히 불편함을 안겨 주었다. 토론이라는 수평적인 담화 상황에서조차 공간과 시선의 불평등이 해소되지 못한 것이다. 그 장면이 상징적으로 느껴진 건 우연이었을까. 정상성이 권력으로 작동하며 비정상으로 구획되는 누군가를 내려다보는 모습에서 깨지기 힘든 상하의 위계질서를 엿보았다면 지나친 과장일까.

이 같은 고민을 안고 매달 한 번씩 만나 공부하는 국어 선생님들의 모임에서 해당 글을 같이 읽었다. 선생님들의 생각도 나와 비슷했다. 다들 기술적으로 훌륭한 글이라고 말씀하셨다. 하지만 찝찝함이 남는 글이라고도 했다. 집에 와서 학생이 쓴 글에 인용된 근거 자료들을 하나하나씩 점검해 보았다. 그중에서 전장연 시위에 대한 공분을 불러일으킨 "버스 타고 가세요."와 같은 발언은 전후 맥락을 생략한 채 악의적으로 편집된 영상을 보고 적은 내용이었다.[*] 평가 기준표에 따라 학생에게 100점이라는 점수를 준 뒤, 소심하게 구글 클래스룸 댓글에 이런저런 언론 기사를 첨부해 조용히 내 생각을 전했다. 혹시라도 해당 자료를 참고삼아 더 발전된 글을 볼 수 있으면 좋겠다는 바람도 덧붙였다. 그래도 불안한 마음을 지울 수 없었다. 혹시나 이 조언이 강요로 들리지나 않을까? 하는 마음에. 다행히 학생

---

[*] 할머니 임종을 지키러 가야 한다는 한 시민의 말에 시위에 참여한 장애인이 "버스 타고 가세요."라고 말하는 영상이 공개되어 논란이 된 적 있다. 그런데 해당 영상을 모두 보면 해당 장애인은 "버스 타고 가세요. 죄송합니다."라고 말한 뒤 "저도 그런 걸 당해 봤기 때문에 잘 압니다. 저도 그래서 임종을 못 봤거든요. 정말 죄송합니다."라고 말한다. 그는 어머니 임종을 지키러 가지 못한 사연을 덧붙여 설명한다. 해당 학생의 글은 이 같은 전후 맥락을 무시한 채 논란이 된 부분만을 인용한 것이었다.

의 반응은 긍정적이었다. 하지만 학생이 다시 제출한 글의
전체적인 논조는 전혀 바뀌지 않았다. 학생이 표현한 감사
함은 자신의 글을 꼼꼼하게 읽어준 교사에 대한 감사함에
불과했던 것이다.

소수자는 배려받아야 할 존재이지 당당하게 자신의 권
리를 외칠 수 있는 존재가 될 수 없다는 학생의 목소리를
읽으며 좌절감과 분노를 느꼈다. 그러면서도 소수자의 권
리가 정치 쟁점화될 때 교사는 난처한 위치에 서게 된다.
그 자리에서 자연스레 움츠러들고 만다. 내 발언이 학생에
게 정치적 메시지로 수용되는 순간, 바람직한 삶과 가치를
위한 논의는 거세되고 그 빈자리엔 공허하고 허무한 논란
만이 남는다는 것을 알기 때문이다. 지난 경험이 그랬고,
그런 상황을 수도 없이 접했다. 그래서 소수자의 삶을 이
야기하는 건 늘 조심스럽다.

두 달여가량이 지났을까. 연세대 학생 몇 명이 연세대
청소 노동자의 시위로 자신들의 학습권이 침해당했다며,
청소 노동자를 고발한 사건이 화제가 되었다. 학생들은 손

해 배상 금액으로 청소 노동자 월급의 3배가 되는 금액을 청구하며, 자신들의 정신과 진료 확인서까지 첨부했다고 한다. 그에 비해 연세대 청소 노동자들의 요구는 너무나도 소박했다. 최저임금 인상에 맞춰 시급 440원을 올려달라는 것과 퇴근할 때 몸에서 냄새가 나지 않게 샤워실을 만들어 달라는 것. 그 순간 난 조용히 눈을 감았다. 이른바 명문대로 불리는 학교에 진학한 학생들을 자랑스럽게 생각하던 내 과거가 생각났다. 유려한 자기소개서와 유창한 면접 답변으로 자신의 지적 능력과 문제해결 역량을 자랑하던 수많은 학생이 스쳐 지나갔다. 그리고 한 여당 정치인의 모습이, 내가 가르치는 교실 속 학생들이 겹쳐 흘렀다. 후회일까, 반성일까. 좀처럼 설명하기 어려운 감정이 여러 갈래로 교차하는 모습을 잠시나마 가만히 들여다보았다.

옳은 사람이 아닌 좋은 사람이 가르치는 교육

글쓰기 수업만큼은 자신이 있었다. 교원 평가에 적힌 학생들의 수업 후기도 좋았다. 글을 쓰는 방법을 체계적으로 알 수 있어 좋았다는 반응이 많았다. 그런데 그런 반응을 보면서도 지워지지 않는 아쉬움이 짙게 남았다. 과연 내 수업이 약자를 보듬고, 타자를 수용하는 세상을 만드는 데 조금이라도 기여했을까? 이 질문을 던질 때마다 좋은 의도가 좋은 결과를 낳지 못했다는 자책과 괴리감이 나를 괴롭히곤 했다.

그래서 무력감을 느꼈다. 차별과 혐오를 극복하자고 호기롭게 외치며 시작한 수업이었다. 부끄러운 마음으로 고백하건대 내가 지은 수행평가의 이름은 〈혐오의 시대에 정직한 불화를 위한 글쓰기〉였다. 잘 쓰는 방법과 기술을 알려주는 수업을 넘어, 사람다운 감정, 따뜻한 마음을 갖도록 해 주고 싶었다. 그런 마음으로 서로 호흡하며 소통하고 싶었다. 그러나 이런 관점에서 보자면 내 수업은 완벽한 실패에 불과했다.

형식과 기술이 아닌 삶과 가치를 교육의 중심에 두어야 한다고 생각하며 가르치던 나였다. 올바르게 살아가는 사람이 되어 학생들에게 옳은 소리만 하며 살자고 다짐하던 나였다. 그런데 학교와 교실을 바라보는 냉혹한 시선들이 나를 망설이게 한다. 교사의 발언과 행동을 감시하는 현실이 나를 멈추게 한다. 그런 시선 속에서 시간이 흐를수록 자기 검열이 심해지는 나를 발견하게 된다.

가끔은 진공과도 같은 교실을 상상해 본다. 논란이라고는 없을 깔끔하게 정돈된 글을 읽으며, 그런 글을 쓰는 수업을 생각해 보곤 한다. 가치관과 주관이라고는 없는, 판단을 중지한 교실 속 나를 떠올려 본다. 그리고 그 안에서 한없이 무기력해진 나를 그려 본다. 그 안에서 배우는 세상은 무결점에 가까울지 모른다. 그런데 교실 밖 문을 열고 나가 마주하는 세계가 이토록 냉혹한데, 백지와도 같은 세상을 상상하는 교육이 과연 무슨 의미가 있을까?

객관과 중립이라는 외피를 두른 채 기계적인 전달과 가르침을 반복하는 것이 교사의 역할은 아니다. 학생들이 언젠가 마주할 교실 밖 세상을 알려주지 않는 교육도 진정한 교육은 아닐 것이다. 교실을 정치적 견해가 난무하는 혼돈의 공간으로 만들자는 주장이 아니다. 교사의 목소리만 일방적으로 울려 퍼지는 경직된 공간을 만들자는 것도 아니다. 각종 규율과 제도로 교사의 존재와 목소리를 옭아매서는 안 된다는 것, 교사와 학생의 목소리가 다양한 파형과 울림을 만들어내며 공존하는 교실을 만들자는 것뿐이다. 그리고 그 과정에서 자연스럽게 발생하는 갈등과 상처가 스스로 아물 수 있도록 지켜봐달라는 것뿐이다. 이 같은 만남과 기다림이 결국 우리를 환대의 세계로 이끌어 나가리라 굳게 믿는다. 그래서 난 오늘도 교단에 선다.

내 다정함에는 이유가 있어

7년 만에 오는 뉴욕이다. 선선한 바람이 부는 9월의 뉴욕은 아름답다. 바쁘게 살고 빠르게 걷는 사람들로 유명한 뉴욕. 누구 하나 서로를 신경 쓰지 않는 듯 무심해 보인다. 얼핏 차가워 보인다. 그런데 막상 보면 그렇지도 않다. 어딜 들어가든지 내 앞의 사람은 항상 문을 잡아준다. 고맙다고 인사하면 웃음으로 답한다. 엘리베이터에서 눈이라도 마주치면 미소를 짓는다. 식당에 들어가거나 가게에서 주문을 할 때는 언제나 내 안부를 묻는다. 상대방의 호의에 멀뚱히 있을 수만은 없다. 나도 덩달아 미소를 짓고 상대방의 안부를 궁금해한다. 단 한 번도 만난 적 없는, 어쩌면 앞으로도 볼 일이 없을 먼 이국의 여행자에게 보내는 따뜻한 인사는 무슨 마음에서 나오는 걸까.

나는 그 답을 이유 없는 다정함에서 찾는다. 소설가 김연수는 '우리 삶의 플롯을 바꾸는 유일한 방법은 한 번도 마주한 적 없는 타인을 다정하게 대할 때'라고 말한다. 소설가에게 다정함이란 낯선 타인을 향한 애정 어린 관심을 말하는 것일 테다. 한 번도 겪어 보지 못한, 혹은 겪지 않을 삶을 그려내는 소설가에게 존재를 향한 다정함은 창작을 위해 필요한 작업일지도 모른다. 비단 소설가뿐일까. 누군가의 얼굴과 마음을 진심으로 들여다보고, 그 안에서 발견한 아픔과 기쁨을 돌보는 일은 우리 세상을 조금 더 따뜻하게 만들 게 분명하다. 우리가 소설가의 마음으로 살아가야 하는 이유다.

하지만 내 다정함에는 이유가 있다. 나와 유사한 삶을 살았을, 혹은 겪을 누군가가 신경 쓰인다. 차갑고 어두운 변두리에서 자라나는 슬픈 마음을 계속해서 들여다보게 된다. 교실 구석에 엎드려 있는 학생의 등을 한참 동안 쳐다보기도 하고, 고개를 숙인 채 침묵하는 아이의 정수리를 가만히 응시하기도 한다. 누군가의 등과 정수리에서 보이지 않는 슬픔을, 무겁게 가라앉은 내 과거를 떠올린다. 항상 주눅 들고 움츠려 있던 내 지난 학창 시절을 다시 꺼내 읽어 본다. 나의 이유 있는 다정함은 지난 과거의 상처를 끌어안고 쓰다듬는 일일지도 모르겠다.

기록된 이야기들이 어둠으로 읽혔을지 빛으로 읽혔을지

궁금하다. 따뜻한 시선으로 누군가가 내지른 고통의 곁에 서 있던 마음을 차분하게 기록하려고 했다. 그러다가도 누군가를 어둠으로 내모는 무엇을 향해 거센 비난을 쏟아내기도 했다. 진솔한 고백과 사과, 분노가 혼재된 이야기들이 누군가에게 묵직한 위로로 다가갔기를 희망해 본다. 힘들고 지칠 때마다 한 편씩 꺼내 읽으면서 용기를 얻을 수 있는 이야기였기를 소망해 본다.

사소한 다정함은 세상을 구원한다. 내가 사랑하는 영화 〈에브리씽 에브리웨얼 올 앳 원스〉에서는 다정함으로 세상을 구원할 수 있다고 말한다. 세상의 모든 것에 싫증을 느낀 악마가 이 세상을 파괴하려 할 때, 결국 악마를 이기는 방법은 악마에게 베푸는 주인공의 아주 작고 사소한 다정함이었다. 그 마음은 결국 이해 불가능한 존재를 끌어안으려고 노력하는 마음이다. ("The only thing I do know is that we have to be kind. Please, be kind. especially when we don't know what's going on.") 그러니 모든 사람이 다정했으면 좋겠다. 나와 다른 낯선 존재를 향한 사소한 안부 인사만으로도 우리의 삶은 한층 밝아질 테다.

학생을 소재로 하는 글을 쓸 때면 늘 조심스럽다. 실화를 바탕으로 하는 이야기니 같은 장소, 시간에 있던 누군가를 특정하기 쉬운 탓이다. 이를 막기 위해 장소와 시간을 뭉그러뜨리기도 했고, 성별과 연령을 변형하기도 했다. 혹시나 이 글을 읽는 누군가가 이 글 속 이야기를 한 개인의 특별한 아픔으로 치부하지 않기를 바라는 마음이다. 한 개인의 이야기가 아닌 어디선가 자라고 있을 우리 모두의 아픔이기 때문이다.

　무엇보다 이 모든 글에 나와 함께 걸어온 학생들이 있음을 밝혀둔다. 부족하고 흠이 많은 선생에게 자신의 고통을 들려준 학생들이 있었다. 그 고통의 곁에 자리할 수 있었던 것만으로 감사하다. 들어줄 수 있어서, 고개를 끄덕거려 줄 수 있어서 다행인 시간이었다. 혹여나 그 마음이 부족했다면 지금에서라도 진심으로 사과하고 싶다.

　부족한 글을 봐주신 많은 선생님이 계신다. 부산 구포 도서관에서 한 학기 동안 글쓰기 수업을 들었다. 제목, 문장 하나하나마다 섬세한 조언을 해주신 김나현 수필가님께 감사의 인사를 드린다. 부산의 독립서점 크레타에서도 글쓰기 강의를 들었다. 묵직하게 가라앉은 진솔한 마음을 꺼내는 방법을 알려주신 이정임 소설가님께 감사하다. 그 누구보다 무겁고 어두운 글을 애정이 어린 시선으로 보듬어주신 박경희 소설가님께 깊은 감사의 말씀을 드린다. 대학로의 한 카페에서 세차게 쏟아지는 빗소리를 뚫고 해주신 묵직한 조언들이 소중하다. 그 조언들이 가슴 속 웅덩이로 깊게 고여 남았다. 배우는 일은 늘 즐겁다. 그 배움에 누군가의 다정함이 깃들었다고 생각하면 더더욱 감사한 마음이다. 나도 그런 다정함을 베푸는 선생으로 살아가고 싶다.

글을 쓰는 동안 늘 응원을 아끼지 않은 BS에게도 고마움을 전한다. 같이 글을 쓰는 동료로서 많은 힘을 얻었다. 책과 글을 사랑하는 사람을 곁에 둔다는 것이 무엇과도 견줄 수 없는 행운임을 알았다. 좋은 삶을 살아가기 위해 나눈 대화의 조각들이 여전히 가슴 속에 선연하게 빛난다. 언젠가 그 다정함을 더 깊은 다정함으로 갚겠다고 다짐해 본다.

이 책을 읽고 누군가의 세계가 단 1도라도 기울어졌기를 희망해 본다. 직선으로 뻗어나갈 우리의 세계도 언젠가는 교차하지 않을까. 무한한 시간 속에서 마주할 당신과의 만남을 기다린다. 충돌이 아닌 접점의 순간에 태어날 또 다른 세계가 우리가 살아갈 미래라고 굳게 믿는다.

추천사

인권은 누군가의 고통과 투쟁의 자리에서 움트고 자랐다. 아픔과 그늘진 자리를 살피는 것은 인권의 마음이기도 하다. 인권의 마음으로 그늘을 살피는 한 사람이 있다면 그곳이 어디든 견딜 말한 피난처가 될 수 있다고 믿는다. 책을 읽는 동안 나의 국어 선생님이 떠올랐다. 어느 날 선생님이 도서관 열쇠를 내게 주셨다. 선생님의 뜻밖의 선물로 나는 일요일마다 도서관 창가에 앉아 누구의 방해도 받지 않고 오롯이 읽고 생각하는 특권을 누렸다. 사실 책을 읽는 시간보다 햇살 가득한 창가에 앉아 운동장을 바라보는 시간이 길었다. 시골 아이의 그늘을 알아보신 선생님 덕분에 눅눅한 마음을 햇살에 말렸고 읽고 쓰기의 기쁨을 배웠다.

김형성 작가는 주눅 들고 움츠린 아이의 어깨를 알아보고 반짝이고 박수받는 자리가 아니라, 그늘지고 아픈 자리에 먼저 시선을 주는 이다. 선뜻 힘내라고 말하지 못하고 상처받은 아이들의 마음을 오래오래 생각한다. 나는 학교에 인권 과목이 생겨서 국어 영어 수학만큼 중요하게 인간의 존엄과 자유를 배울 수 있다면 얼마나 좋을까 생각하곤 했다. 그러나 이 책을 읽으며 깨닫는다. 아이들의 그늘을 살피고 읽는 일이 다름 아닌, 인권을 가르치고 배우는 일임을. 김형성 작가의 그늘 읽기를 아니 인권 교육을 응원한다. 이제 우리가 다 함께 선생님의 마음을 읽을 차례이다.

_ 최은숙 『어떤 호소의 말들』 저자, 국가인권위원회 조사관

[각주 출처]

1) 서나래(2022). 자모들의 치맛바람: 1960년대 교육계 이슈와 어머니 표상. 한국교육사학, 44(4), 91-123.

2) 'SKY캐슬'이 묻는다… 피라미드 정점에 선 당신, 행복하십니까 (한국일보, 2019.1.26.)

3) 박혜경(2009). 한국 중산층의 자녀교육 경쟁과 전업 어머니 정체성. 한국여성학, 25(3), 5-33.

4) 심미옥(2017). 교육열 이해를 위한 어머니 감정자본 개념의 유용성과 한계. 교육사회학연구, 27(3), 99-134.

5) '닥터차정숙' 이서연, 엄마 엄정화와 티격태격… 현실 고3 딸로 눈도장 (조이뉴스, 2023.5.1.)

6) 학폭 담당 교사들 "정부 대책으론 쌍방 신고 늘어날 것" (한겨레, 2023.4.19.)

7) 청소년 학폭·자살 느는데… 상담교사 갖춘 학교 절반 이하 (중앙일보, 2023.7.6)

8) 눈물의 수료식… 학폭피해시설 '해맑음센터' 폐쇄 (KBS, 2023.5.20.)

9) 아르바이트 한 부산 중·고교생 47% "부당대우·인권침해 당해" (news1, 2022.11.14.)

10) 박상진(2021). 청소년 노동의 실태와 노동인권 의식에 관한 연구. 문화기술의 융합, 7(1), 264-271.

11) 권일남·전명순(2022). 청소년 노동인권에 관한 인식. 한국청소년활동연구, 8(3), 73-97.

12) 아르바이트 한 부산 중·고교생 47% "부당대우·인권침해 당해" (news1, 2022.11.14.)

13) 새 교육과정 총론에서 '통편집'된 노동교육, 개별 교과목에서도 빠졌다 (경향, 2022.9.29.)

14) '다음 소희' 여전한데… 서울 노동교육 예산 '전액 삭감'한 시의원들 (경향, 2023.7.10.)

15) 전국 교육청 '노동교육' 성적표는? "대체로 양호하지만…" (경향, 2023.7.10.)

16) 초등학교때 시작되는 유럽의 노동자 인권 교육 (충북MBC, 2018.5.2.)

17) 영화 〈다음 소희〉, 은유 《알지 못하는 이들의 죽음》

18) 네이버 검색 [학교 밖 청소년 차별] 참조.

19) '학교 밖 청소년' 교육지원 수당 중단… "식비까지 아껴요" (KBS 2023.03.24.)

20) 하여진(2022). 학교 밖 청소년의 부정적 심리정서 발달양상과 지원방안. 청소년복지연구, 24(4), 1-22.

21) 반지윤·이정민(2021). 학교 밖 청소년이 지각한 부모의 학대가 사회적 낙인감을 매개로 삶의 만족도에
    미치는 영향: 성별 다중집단분석 적용. 청소년학연구, 28(1), 341-366.

22) 2018년 청소년건강행태조사

23) 청소년 54.7% "성(性)경험 있어… 관계 후 '이것' 느껴"(매일경제, 2020.1.4.)

24) 청소년 일탈 부른 룸카페… "창에 티셔츠 거세요"(채널A, 2023.7.25.)

25) '부모의 길' 선택한 청소년들… 간섭 아닌 길 안내를 (한겨레, 2022.3.18.)

26) "포괄적 성교육' 문제점은 생명 경시·조기 성애화·동성애 옹호 (자유일보, 2022.8.17.)

27) "성관계는 부부끼리만 해야"… 서울시의회 '혼전순결' 공문 논란(중앙일보, 2023.1.31.)

28) 성폭력은 '노출옷' 때문에 일어난다?… '강간문화'가 통계로 드러났다 (프레시안, 2023.6.23.)

협성문화재단
NEW BOOK
프로젝트 총서

당신의 그늘을 읽어드립니다

초판 1쇄 인쇄	2024년 1월 10일
초판 1쇄 발행	2024년 1월 25일

지은이　　　　　김형성

발행처　　　　　(재)협성문화재단
　　　　　　　　부산광역시 동구 충장대로160
　　　　　　　　협성마리나G7 B동 1층 북두칠성도서관
　　　　　　　　T. 051) 503-0341　F. 051) 503-0342

제작처　　　　　도서출판 꿈공장플러스
　　　　　　　　제 406-2017-000160호
　　　　　　　　서울시 성북구 보국문로 16가길 43-20 꿈공장 1층
　　　　　　　　T. 02) 6012-2734　E. ceo@dreambooks.kr
　　　　　　　　H. www.dreambooks.kr

ISBN	979-11-92134-56-7
정가	16,000원